メディアワークス文庫

黒狼王と白銀の贄姫
辺境の地で最愛を得る

高岡未来

目　次

プロローグ

厳(おごそ)かな聖堂の高い天井に大司教の深沈たる声が吸い込まれていく。

隣に佇(たたず)むのは、夫となる黒髪長身の青年。彼は今、どのような顔で大司教の話を聞いているのだろう。

彼から放たれるぴりぴりとした気配。それは結婚式という特別な儀式ゆえのものか、それとも——。

数日前に顔を合わせた彼は始終礼儀を尽くしてくれた。しかし真意まで読むことはできなかった。

「私、オルティウス・ファスナ・ロウム・オストロムは、ウィーディア・エデル・イクスーニ・ゼルスを生涯の妻とし、この命がある限り愛することを誓います」

静まり返った聖堂内に、低い男の声がよく響いた。

いつの間にか、式は夫婦誓いの言葉へと移っていた。

「わたくし……ウィーディア・エデル・イクスーニ・ゼルスも誓います——」

エデルは姉の名前で、新郎オルティウスと同じように宣誓を述べた。

続いてレースで作られたヴェールがゆっくりと持ち上げられた。現れたのは白銀の髪を持つ王女。

そっと見上げると、湖を思わせる青い瞳とかち合った。道中、一度だけ目にした湖に似た色。冷たくも美しいそれに吸い寄せられそうになる。

黒狼王（こくろうおう）、それが彼の渾名（あだな）だった。

――オストロムの黒狼王といえば、野獣のような大きな体で剣を振り回すしか能のない男ではないの！――

ふと、姉の金切り声が脳裏に蘇（よみがえ）った。

目の前の青年は理知的な光を瞳に宿し、その居住まいは威風堂々と頼もしい。

今日から彼の妻になる。そう思うと、妙に胸が騒いだ。

（……わたしは、このお方を騙（だま）している……）

不安と罪悪感で胸が押しつぶされそうになった。

オルティウスの顔が近付き、触れるだけの口付けを施された。あっという間のそれはまるで心を暴かれたようでもあった。

誓いの口付けが終わり、聖堂に歓声が沸き起こる。

これをもってエデルは姉の身代わりとして、隣国の若き王の正式な妻となったのだった。

第一章

一

「ちょっと痛いじゃないっ！　このへたくそ！」

豪奢な部屋の中に女の金切り声が響いた。

細心の注意を払って姉の髪を梳いていたエデルはびくりと肩を震わせ、動作を止めた。

「申し訳ございません。ウィーディア様」

鏡の前に座った姉、ウィーディアは鏡越しに憎悪のこもった眼差しをエデルに送ってきた。

銀の髪に紫色の瞳というのがゼルスの民の特徴なのだが、中でもウィーディアは光り輝く白銀の髪の毛に澄んだ紫水晶の瞳を持っている。ゼルスの白い薔薇と讃えられているほどの美貌を持った彼女の顔には、はっきりと嫌悪が浮かび、可憐な口からは想像もつかないほどの低い声を出す。

「いいから、さっさと手を動かして」

一方、姉と同じ髪と瞳の色を持ったエデルは細心の注意を払って彼女の髪の毛を結い上げていく。万が一にも粗相のないよう慎重に、けれども手早く。

できあがったそれをウィーディアはちらりと見ただけ。

「やっぱり駄目ねえ。時間だけかかってセンスっていうものが感じられないわ。ハンナ、あなたやり直してちょうだい」

ウィーディアは部屋の隅に控えていた侍女の名前を呼んだ。

素早くやってきたハンナに場所を明け渡したエデルはしかしすぐ近くに留(とど)まった。姉の了承なしに勝手に離れることは許されていないからだ。

ハンナは素早くウィーディアの髪の毛を整えていく。エデルの結い上げた髪の毛を一度全て解(ほど)き、丁寧に櫛(くし)を入れピンを使って留めていく。

形は先ほどエデルが行ったものと大して変わらない。しかしできあがったそれを確認したウィーディアは笑みを浮かべながら大げさに頷(うなず)いた。

「さすがね、ハンナ」

「ありがとうございます」

「それに比べてエデル、おまえは本当に駄目な子」

ウィーディアはすっと立ち上がった。身に纏(まと)うのは昼用の清楚(せいそ)な意匠のドレス。これから訪れる春を先取りするかのような淡く柔らかな赤色だ。

彼女はこれから取り巻きの騎士を集めたお茶会を催すことになっている。ウィーディアは己を崇拝する騎士を定期的に呼び集め、褒め讃えさせることを趣味としている。

「ああそうだわ。このあとわたくしの首飾りとブローチを磨いておいて。あとドレスの刺繍がほつれているからそこも直しておいて。全部終わるまで食事をしに行ってはいけないわよ。いいわね」

「はい。かしこまりました。ウィーディア様」

昼食の時間はとっくに過ぎている。言いつけられたことを全部行っていたら、エデルの分の食事は片付けられてしまうだろう。しかし、反論は認められない。

「あなたはお情けでこの宮殿に置いてもらっているのだから。しっかり働きなさいな」

ウィーディアはそう言い捨て部屋から出て行き、エデルはさっそく首飾りの磨きに入る。とにかく早く行ってしまわなければならない。

朝食は薄い麦粥を食べたきり。すでに胃の中はからっぽだった。

言いつけどおり宝玉がたっぷり使われた金色の首飾りを磨いていると、部屋の中に髪をきっちり結いまとめた年かさの女が入ってきた。

王妃付きの筆頭女官でもあるバーネット夫人だ。彼女はぎろりとエデルを睨みつけた。

「あなた様は手癖の悪い女から生まれた身の上ですからね。わたくしがしっかりと見張っておりますよ。さあ、続けなさい」

「はい」

姉とはいってもエデルとウィーディアは半分しか血が繋がっていない。

「陛下のご慈悲とはいえ、どうしてこのような娘を王女として扱わなければならないのか……。イースウィア王妃殿下は本当にご心労が絶えないこと」

バーネット夫人はエデルに聞かせるように今日も大きな独り言を呟く。

エデルの母は、元は王妃イースウィアの侍女であった。その侍女に王の手が付いた。王妃がウィーディアを身籠っている最中のことだった。

そしてウィーディアより遅れること三カ月後に生まれたのがエデルだった。

同じ年に生まれた腹違いの姉妹。この事実に王妃は怒り狂った。気位の高い彼女は、夫が己の侍女に手を付けたことが許せなかった。

その怒りは年月が経過をしても冷めることはなかった。王が、エデルを王女として育てよと命じたからだ。

エデルは王女としての教育を施され、着るものもウィーディアとそこまで遜色はない。しかし、王の目の届かない宮殿の奥でエデルは虐げられていた。

エデルがなんとか姉の言いつけを終えて自分の部屋に戻ると、案の定昼食は片付けられていた。一定の時間が過ぎれば下げるようイースウィアが命じているからだ。

くぅ、とお腹が鳴った。それを宥めるように両手で腹部をさする。

（夕食は……ちゃんと食べたいな……）

王妃とウィーディアはエデルを下女として扱う。王は忙しく、また妻と娘に無頓着だ。王と対面するのは月に一度の家族の晩餐時のみ。この時、エデルは王の気まぐれで質問されることがある。内容は様々だが、王はエデルが王女らしい教育をきちんと施されているか確認する。

昔、まだエデルが小さかった頃、母と引き離された彼女は今よりももっと酷い目に遭わされていた。粗末な衣服に、食事は与えられても数日に一度のみ。かろうじて生かしてやっているという扱いを見咎めた王は王妃を叱責した。

王女として育てよ、という言葉を忘れたのか、と。そして側仕えの者たちは見せしめのために罰を与えられたり解雇された。

それ以降、エデルは表面上は王女として育てられている。しかし、王妃とその子供たちの鬱屈が消えたわけではない。

エデルは空腹を抱えてふらふらと歩き始めた。厨房に何か余っていないだろうか。

料理番たちは王妃と手下である女官らに見つからないように食べ物を恵んでくれることがある。王女として一見すると上等なドレスに身を包んでいるのに空腹を抱えて厨房まで物乞いのように現れる彼女を、彼らは同情の眼差しで見つめてくる。

「エデル王女殿下」

とんとん、と外テラスへと続くガラス戸が叩かれた。顔を横に向けると、外に騎士が一人佇んでいる。

エデルは近くのガラス扉を開いた。外は冷たい風が吹いていた。

「ユウェン様」

兄に仕える騎士、ユウェンだ。いぶし銀の髪に、薄い紫色の瞳をした優しい面差しの彼は、エデルに微笑みかけた。彼は寒い中わざわざエデルのことを探し、待っていてくれた。

「お茶会はもう終わったのですか？」

彼は今日ウィーディアが主催するお茶の席に呼ばれていた。姉を崇拝する騎士の会ではあるが、姉がお気に召した騎士を侍らす席でもある。ユウェンは整った顔立ちをしているため、頻繁に姉に呼ばれる。

「ええ。先ほど」

微笑みながらユウェンは騎士装束のポケットから布包みを取り出した。見た瞬間にエデルの胃が切なく動いた。

「どうぞ」

布で覆われたそれは菓子だ。焼き菓子の甘い香りに胃が空腹をさらに主張する。

「屋敷から持ってきたものです。どうぞお召し上がりください」

「……いつも、ありがとうございます」

エデルは礼を言った。同時に、気を遣わせてしまうことにも申し訳なくなる。自分の窮状を兄の騎士が知っていて、施しを与えてくれる。複雑な心境ではあるが空腹を抱えたエデルにとって、バターをたっぷり使った焼き菓子は喉から手が出るほど魅力的だった。

「いいえ。もっと、目に見える形で助けて差し上げることができればよろしいのですが……。先の戦争で我が国ゼルスは負けてしまいましたし」

昨年この国ゼルスは、東の隣国オストロムと緩衝地帯を巡る戦（いくさ）を起こした。しかし結局それはゼルスの敗戦という形で幕を閉じた。

エデルはどう声を掛けていいか、言葉に詰まる。

先の戦争は、ゼルスの王太子が己の力を誇示するために仕掛けたもの。銀の髪に紫色の瞳を持つゼルス以西の国々とは違い、オストロムの人々は黒髪が多いという。長い間ナステニ地方の帰属に関して諍（いさか）いを抱えていたのだが、かの国が別の国と戦争を始めたことをきっかけに王太子が兵をナステニ地方へ進めた。オストロム王国側の領土を奪い取り箔（はく）をつけようという魂胆だったのだが、騎馬民族の流れをくむオストロムの王太子率いる一団に迎え撃たれた。

「王女殿下にする話ではありませんでしたね。しかし、覚えておいてください。私はいつも殿下のことを気に掛けております」

「ありがとうございます」

優しい心遣いにエデルは口元をほころばせた。兄も姉も冷淡だが、エデルを気遣ってくれる人はいる。同情から手を差し伸べられているに過ぎないが、それでも冷え切った宮殿の中では救いの一つだ。

エデルはクッキーを口元へ運んだ。齧ると口の中でバターの香りが弾けた。

優しいユウェンが本当の兄だったらよかったのに。それはエデルがいつも考えることだった。彼がエデルを見つめるまなざしはやわらかく、優しさに満ちている。それは自分が失くしてしまった家族の温かさ。

だからエデルは、ユウェンが彼女を見つめる瞳の中に隠しきれない熱を持っていることに未だ気付くことができないでいた。

月に一度の王家の晩餐の席は決して家族の団欒のひと時という空気ではない。国王の座する晩餐室はある種異様な空気に包まれている。

長い晩餐用のテーブルに着くのは国王夫妻と子供たち三人のみ。かちゃかちゃとナイフとフォークを動かす音が聞こえるのみで、普段であれば王太子アンゼルムが時折王に話しかけるのだが、今日は黙ったままだ。

その代わりにウィーディアがあれこれと話題を振っているが、それに返事をするのは彼女の母イースウィアのみ。王は何も発しない。

昔は王妃もあれこれと王に話題を提供していた。しかし、彼は妻の言葉に返事をすることはなかった。そのようなことが続き、いつの頃からか王妃は王へ話しかけることを止めてしまった。

王妃には話しかけないのに、王は気まぐれにエデルへ質問を投げかける。受け答えが満足にできないと彼は失望し、その後エデルの教育係を解雇する。または王妃に対して軽蔑の眼差しを向ける。

そのたびにイースウィアは隠れてエデルを苛める。

毎度そのような調子なのに、今日は違った。母娘の会話が途切れたところで、王はウィーディアに視線を向け、口を開いたのだ。

「ウィーディア、おまえの結婚が決まった」

食事の皿が全て下げられた時のことだった。突然名指しをされた彼女は一瞬呆けた顔をしたが、すぐに頬を上気させた。

「まあ。お相手はどの国のお方ですの？」

ウィーディアは嬉しそうにゼルスから見て西方の国々の名前を挙げていく。もちろん彼女の中で王家に嫁ぐことは規定事項である。ゼルス王直系の姫として生を受けたのだから、王位を約束された男と結婚するのは彼女の中では当然のことなのだ。

「黒狼王の元だ」

王は抑揚もつけずに淡々と述べた。

その場がしんと静まり返った。誰も一言も発しない。

静寂を破るように、ダンッと大きな音が響いた。ウィーディアがこぶしを真下に振り下ろし、テーブルを叩いたからだ。

「なっ……。黒狼王ですって？」

その声は震えていた。

「隣国オストロムの黒狼王といえば、野獣のような大きな体で剣を振り回すしか能のない男ではないの！　しかも、未だに馬で野を駆けずり回る野蛮な国だわ。わたくしにあのような礼儀も何もないような男の妻になれと！　そのようにおっしゃるのですか！」

彼女の怒りに満ちた金切り声が豪奢な晩餐室に響き渡った。

「文句なら私ではなく、そこの王太子に言え。こたびのことはあやつが蒔いた種だ」

王は同席する息子にちらりと視線を向けた。アンゼルムは妹の視線から逃れるように少しだけ横を向いた。

「おまえたちも我が国がオストロムに敗戦したのは知っておろう。かの国は賠償金と共に、ゼルスの白き薔薇と謳われる王女を妻にしたいと追加で要求してきた」

その美しい容姿からウィーディアはゼルスの白い薔薇と讃えられている。

白銀の髪に透き通った紫水晶の瞳を持つ姫君を隣国の即位をしたばかりの若き王が所望した。一国の王から望まれることは名誉なことである。

「いくら一国の王とはいえ、所詮は東の蛮国。まるで物のように寄越せとは、さすがは野蛮な民族の考えることだわ。求婚の言葉すらないだなんて」

「あなた！　いくらなんでもあんまりですわ。あんな下劣な遊牧民ふぜいに、わたくしの可愛いウィーディアをやるだなんて！」

イースウィアが娘可愛さに加勢した。王はそれに対してじろりと冷徹な眼差しを送った。彼女はぐっと押し黙った。

東の隣国オストロムは建国二百年ほどの若い国だ。大陸は東へ行けば行くほど文明とは程遠い生活習慣を残していた。平原を馬で駆け、狩猟をしながら移動天幕を張り生活する民族。彼らはやがて大きな部族へと発展し、そして西側諸国を真似て畑を耕し定住し始めた。それがオストロムの始まりで、彼らは国としてまとまり、今の王家の始祖が国の名をオストロムと定めた。

今では国として成熟し、王都は西方諸国と遜色ないとエデルの耳にも入ってくる。しかしゼルス国内ではオストロムを軽視する風潮の方が強い。それはウィーディアの反応を見てもよく分かる通りだ。

「すでに決まったことだ。臣下らも承認した」

王はなんの関心も示さず淡々と事実のみを口に乗せる。

「お兄様のせいよ！　お兄様が負けるからいけないんだわ！」

ウィーディアが怒りの矛先を変えた。

アンゼルムはきれいに整った眉を持ち上げ、「あれは……」と言いよどむ。王都に援軍を頼んだのだが、ゼルスの王はそれを承認しなかった。それなりに多くの兵を割いたからだ。結果アンゼルムの経歴にケチがついた。土地の割譲と賠償金。そのことを持ち出したいが、彼にはまだ国王である父に真正面から対峙する気概がない。

「この話はこれで終わりだ」

王のその言葉で晩餐は終わるはずだった。

しかし、ウィーディアが「いいことを思いついたわ！」と高い声を出した。先ほどまでの悲哀の色はかけらも残っていない。

「わたくしではなく、そこのエデルに行かせればいいのではなくって？　だって、オストロムはゼルスの白き薔薇を所望したのでしょう。わたくしを名指ししていないのであれば、エデルであっても問題ないはずだわ。むしろ、名前くらいいくらでもあげるわ。黒狼王の妻など、そこの娘で十分事足りるじゃない」

どくん、と心臓の音が聞こえたようだった。突然に名を出されたことに頭がついていていかなかった。

（まさか、そんな。わたしがお姉様の代わりに隣国へ？）

姉の大胆な考えに指先が小刻みに震え出す。

「我ながらいい考えだわ。エデル、わたくしの身代わりとなって黒狼王に嫁ぎなさい」

ウィーディアが居丈高に命じた。兄と王妃は口をはさまない。父王はウィーディアとエデルを順番に睥睨した。

「ゼルスの王女がオストロムに嫁するのであれば、私はどちらでも構わぬ」

王はそう捨て置いて席から立ちあがった。

あの晩餐の直後から、エデルは自由を失った。姉の身代わりとして隣国の黒狼王に輿入れすることが正式に決まったからだ。

「この服地はわたくしのドレスを仕立てるために、特別に西方の国から取り寄せたものよ！　どうしてそれがおまえの花嫁支度になるの。おかしいわ！」

宮殿北側三階の昼間でも薄暗い部屋に女の不機嫌な声が響いた。

ウィーディアである。彼女は今、エデルが軟禁されている部屋に前触れもなく訪れていた。

身代わりの花嫁に正式に決まった直後から、エデルは宮殿の一室に留め置かれていた。万が一にも逃げられたら、と周囲の者たちが危惧したからだ。一見すると豪華な装飾が施された室内だが、窓は全て開かないよう鍵が掛けられている。散歩は一日一度のみ、エデルの周囲には常に王妃の息がかかった召使が張り付いている。

「ウィーディア様、たしかにエデル様には分不相応であることはわたくしたちも十分に承知してはいるのですが。しかしこれは、国王陛下と大臣たちが取り決めたことなのです」

「この娘が劣る身の上であることは十分に承知しておりますが、ゼルスの王女としてオストロムへ嫁ぎますゆえ、この国の面子というものがあるのです」

第一王女の剣幕に女官たちがすかさず言い訳を口にする。

今日は花嫁支度として持参する衣装の仮縫いをしていたところだった。物のように嫁がされるエデルの顔を笑いに来たウィーディアは、自分のために取り寄せさせた布地が流用されていることに気が付き、怒りを爆発させた。

「たかだか愛妾の娘のくせに生意気な。オストロムのような文化水準の低い国に嫁ぐのだから、ドレスも宝飾品も必要ないのではなくって」

ウィーディアは歯ぎしりをしながら仮縫い姿のエデルを上から下まで眺めた。

その意匠は繊細かつ優美で、ドレスに合わせた腰飾り紐は繊細な金の鎖にいくつもの宝玉があしらわれている。

「ええ、ええ。もちろんですとも。わたくしたちもそのことは十分に承知しております」

「だったら、今から王にこのような支度は必要ないと進言しに行きなさい」

女官たちはウィーディアの命令に絶句する。困惑気に互いに視線を絡め合う。

「どうしたの。あなたたちだって、オストロムなど未だに洞窟に穴を掘って住まう獣と変わらぬ暮らしをする民族だと馬鹿にしているのでしょう？」

調子づいたウィーディアと口を閉ざしてしまった女官たち。気まずそうに俯く女官たちの態度が彼女の苛立ちを増やしていく。

「あなたたち、わたくしの命令が聞けないっていうの？」

ウィーディアが眉を吊り上げ、手近な女官に向かって手を振りかざす。

「お姉様！」

エデルは咄嗟に叫んだ。

「おまえにそのように呼ばれる覚えはないわ」

ウィーディアが憎しみを込めた視線をエデルに向けたその時、扉がゆっくりと開かれた。

「まあ、ウィーディア。どうしたというの。こんな昼間でも薄暗くて陰気臭い場所、あなたのような華やかな娘には不釣り合いだわ」

部屋に入ってきたのは王妃イースウィアだった。後ろには彼女の筆頭女官であるバーネット夫人が控えている。

「お母様。酷(ひど)いのよ。この布地はわたくしのもののはずなのに。それをこの娘が横取りしたの」

「あなたは黒狼王に蹂躙(じゅうりん)される未来から逃れられたのよ。布地一つくらい、わたくしがまた取り寄せてあげるわ」

「でも。この娘に豪華な花嫁支度だなんて不釣り合いだわ」

ウィーディアはまだ言い足りないのか、唇を醜く歪め不満を言い募る。

「分かっていますとも。けれども、ゼルスにも体面というものがありますからね。王の取り決めには逆らえませんよ。さあさ、あなたはお部屋に戻っていなさい。わたくしは、王妃としての言葉をこの娘に授けなければならないの」

イースウィアが目配せをすると女官たちがしずしずと退出した。ウィーディアもバーネット夫人に促され、彼女と一緒に退出した。

薄暗い部屋の中にエデルは王妃と二人きりになった。

彼女がエデルへゆっくり近付いてくる。反射的に足が一歩後ろへ下がる。昔から数えきれないほどの悪意を向けられてきたゆえの反応だ。

イースウィアは王の寵愛を奪っていった憎い女の影をエデルに見出している。己の侍女に手を出した王に激憤し、彼を受け入れた侍女を厭悪した。そして裏切りの証であるエデルを王女として育てなければならないことに忿怒している。

この時代、一国の王が愛妾を囲うなどよく聞く話ではあった。けれども、それを許せるかどうかは別だった。彼女にとってそれは矜持を傷つけられる出来事だったのだ。

イースウィアは人形のように無表情でエデルを見下ろした。

「王も、わざわざこのような支度を整えなくてもいいものを……。おまえが王妃。蛮族の王とはいえ、王妃……。ああ、本当に憎いわねぇ」

すっと腕が伸びてくる。イースウィアの白く細い指がエデルの頬に触れた。びくりと震えるのに、体はその場に縫い取られてしまったかのように動かない。

「口惜しいわ……。おまえをこの手で殺せないことが、本当に口惜しい。この細い首を絞めたら、おまえはどんな顔をして息絶えるのかしら」

イースウィアが顔の上に薄ら笑いを乗せた。何度も何度もエデルの頬を撫でていく。そっと滑らすような仕草に、エデルはごくりと喉を上下させる。

初めて彼女の口から、エデルへの殺意がこぼれた。これまでずっと喉の奥に隠していた、いや、隠しきれていなかった彼女の本心が今やっと姿を現した。

「いっそのこと、黒い狼がおまえを殺してくれないかしら。野蛮な黒狼王ならば、閨でおまえが粗相をすれば、その首を刎ねてくれるかもしれないわ」

　ねえ、おまえは知っているのかしら。王妃は謳うように続ける。結婚した男と女が寝台の上で何をするのか。無知なエデルに男女の生々しい営みを王妃は慈愛のこもった声色で奏でていく。

　声は優しいのに、瞳はちっとも笑ってなどいなかった。氷のように凍てついた紫色の瞳に射貫かれ、エデルの顔が真っ青になる。

　イースウィアはエデルの顎を掴み、上向かせる。喉がからからに渇いて空気だけが口から漏れていった。

「わたくしもおまえに結婚祝いを用意したの」

　エデルのすぐ間近でイースウィアが瞳を細め、ぱっと手を離した。エデルを精神的に痛めつけたことに満足した彼女は、赤い唇で弧を描き、ゆったりとした足取りで部屋から出て行った。


　出発はとても簡素なものだった。そろそろ雪も解け始めるという春の手前の日のことだった。

　とはいえ、馬車が四台と護衛騎士などを合わせるとそれなりの規模になったのだが、出立の儀式は特になく、王族の姿もない。宰相と大臣が現れただけでもましであった。

エデルは最後に宮殿を見上げた。

今日限りで、ここともお別れだ。二度と戻ることはないだろう。いい思い出などほぼないが、エデルにとっては自分の住まう家だった。

馬車に乗る直前、エデルは宰相らに「十分に支度を用意くださり、ありがとうございました」と感謝を述べた。戦争の賠償金で国庫は厳しいだろうに、ゼルスの王女として最低限面子を保てる支度品を持たせてくれた。

エデルは最後に辺りを見渡した。見送りの人間たちの後方に一人佇む騎士がいた。

（あれは……ユウェン様だわ……）

彼の顔を見るのは数か月ぶりのことだった。何かと自分を気遣い施しを与えてくれていた彼とももう会えないのだと思うと、遠い地へ行く実感が湧いてきた。これから向かうのは知り合いが誰一人いない土地なのだ。

エデルの頭の中に、いつの日かにイースウィアから聞かされた生々しい情事の話が浮かび上がる。

黒狼王と渾名されるオルティウス・ファスナ・ロウム・オストロムとはどのような男なのだろう。本当に数多ある噂のように知性もない野獣のような男なのだろうか。

王女としてお情けで育てられた身の上だ。王はおそらく手駒が多ければ役に立つと考えエデルを姫として育てようとしたに違いない。だから王の命ずるままにどこかへ嫁ぐのは想定内のことだった。

この結婚は、ついこの間まで戦争を行っていた国同士の、表面上の和平のためのもの。きっと歓迎はされない。

それどころか敵国の王女など、祖国に情報を流す密偵として警戒すらされるだろう。針の筵には慣れているはずだったが、どこかで結婚に淡い希望を持ち合わせてもいた。政略結婚でも、もしかしたらこの国を離れることによって穏やかに過ごせる日が来るかもしれないと。結局それは甘い夢想でしかなかった。

(さようなら……)

エデルが馬車に乗り込んだ直後、続けてバーネット夫人が乗り込み、がちゃりと扉が閉まった。

「今日からわたくしがあなたのお世話をして差し上げますわ」

にやり、と彼女が目元を歪めた。

「――っ」

「わたくしが妃殿下に代わり、あなたを躾けて差し上げます。あなたの失態はゼルスの失態。ゼルス王の過ちを正すのが、わたくしと妃殿下の使命でもありますわ」

エデルが喉を引きつらせているのを見据えながら、バーネット夫人はまるで捕食者が獲物を前に舌なめずりするかのように口の端を持ち上げた。

あの日、イースウィアから聞かされた結婚祝い。それは付添人としてバーネット夫人をオストロムに遣わすというものだった。

イースウィアはエデルを逃がすつもりはないのだと、愉悦に歪んだバーネット夫人の瞳がそう告げていた。

二

春の風がオストロムの王都ルクスを訪れるよりも少し前に、ゼルスから王女を乗せた隊列が到着した。

オストロムの若き王オルティウスは儀礼的にゼルスの王女を出迎えた。彼女に手を差し伸べ、イプスニカ城へ招き入れた。己の妻となる女の到着だというのに、何の感慨も湧かなかった。

姫を出迎えたあと、オルティウスは側近二人を引き連れて、執務室へ戻ってきた。部屋の中にいるのは己を含めて三人のみである。

「それで、姫の第一印象はいかがでしたか、陛下」

扉が閉まった途端に、少々気安い声が飛んできた。

「今は陛下と呼ぶ必要はない。俺たちしかいないんだ」

「はいはい。もう即位したのですから、陛下は陛下ですよ」

「ガリュー、茶化すな。オルティウス様に失礼だぞ」

「おまえはいつも真面目だな、ヴィオス」

ガリューと呼ばれた青年は相好を崩したままひょいと肩をすくめた。一方のヴィオスは生来の真面目くさった顔のままである。

「おまえが軽薄すぎるんだ、ガリュー」

二人ともオルティウスと同じ世代の青年で幼なじみのように育った間柄でもある。

ガリューだけオルティウスとヴィオスよりも一つ年上の二十五歳。その彼は灰混じりの緑の瞳を好奇心にきらめかせている。彼には外国の血が混じっているため、一般的なオストロム人とは目の色が違う。肩よりも少しだけ長く伸ばした髪は光に透かすと茶色に見える。

「話を戻しますよ、オルティウス様。賠償金と共に手に入れたゼルスの白い薔薇の感想は？　噂に違わぬ美姫でしたね」

オルティウスは早くもげんなりした。この男はどうあっても己から何かしらの感情を引き出したいらしい。

「確かに美しい姫だったな。ずいぶんとしおらしい態度だが、どうせ演技だろう。何しろ、ゼルスの白い薔薇は大層気位が高く高慢で、その美貌を笠(かさ)に着て国内で華やかな暮らしを満喫。日がなお気に入りの騎士を集めての茶会や音楽会などの享楽にふけり、舞踏会では女王のように振る舞うのだろう？」

「それは私が仕入れてきた噂ではないですか」

ガリューが、器用に片眉を持ち上げる。

「ああ。だからこそ、最初から警戒しておく必要がある」

「仮にもあなたの妻になる姫君ですよ」

「最初にあの女の噂を吹き込んだのはおまえだろう、ガリュー」

警戒心を抱かせない性質のガリューは昔から情報収集能力に長(た)けている。共に戦場で馬を駆ることもあるが、彼の場合その後の交渉役で重用している。今後は外交や各種対外交渉事でその能力を発揮していくことだろう。本人もそれを望んでいた。

「姫君の実態はどうあれ、結婚すれば夫婦となるのですから見せかけだけでも仲睦(なかむつ)まじくあってください。でないと今回の王妃選びに敗れたレシウス卿(きょう)が、今度は娘を愛妾にと言いかねません」

ガリューとは違い真面目くさった声を出したのはヴィオスである。宰相の息子でもある彼は昔から剣よりも勉学に秀でており、三人の中では一番体が細く背も低い。馬を駆るよりも城内で読書を好む男だ。

新王となったオルティウスの妻を選ぶ会議の場が紛糾したことは記憶に新しい。有力貴族の一人が最後まで娘を王妃にと推していたが、彼にこれ以上一歩前に行かれることを厭う諸侯たちがゼルスとの和平という名目を借り、ウィーディアを推した。

「今回の婚姻は未だに我が国を軽視する西側諸国に対して国力を見せつけるものでもあります。こちらが戦勝国であるため、過度にご機嫌伺いをする必要はありませんが、一定の礼儀は必要です。特に、オルティウス様は初見で女性に畏怖を抱かせますからね」

「そこは普通に、上背があって目付きが悪いから初見で女性に怖がられるって言えばいいんじゃないのかい、ヴィオス」

「ガリュー、言い過ぎだぞ」

「言ってくれるな、ガリュー。さすがは四六時中女を追いかけているだけのことはある。そういえば、この前付き合っていた女優とはどうなったんだ？」

ヴィオスに続いてオルティウスが少々演技がかった声を出す。

「そこはご想像にお任せしますよ」

対するガリューはあっけらかんと言い放った。

幼いころから一緒に剣の稽古を受け、騎士見習いとして寝食を共にした間柄だ。王として即位した後も、三人だけになればすぐに砕けた空気になるのが常だった。

「女優云々はともかく。姫君が旅の疲れを癒した三日後、晩餐の席が設けられております。そこで正式な顔合わせ、そののち結婚式となります。戦争が続き前王の急逝と、暗い出来事が続いておりました。国王であらせられるオルティウス様の婚姻は民にとってもよい知らせになりましょう」

ヴィオスが話を元に戻した。

昨年、オストロムは南東の国境を接するヴェシュエ王国に戦いを仕掛けられた。迎え撃ったのはまだ存命だった父王だった。王不在を好機と見たのか、戦の最中、西の隣国ゼルスは王太子を旗頭に掲げ、西のナステニ地方に進軍してきた。

長い歴史の中、オストロムの前身である騎馬民族は西へ西へと勢力を拡大してきた。ナステニ地方の領有権を巡ってゼルスとは過去何度も諍いを繰り広げてきた。

王都を預かっていたオルティウスは騎士団を編成し、ゼルス軍に応戦し勝利に終わった。その後両国は交渉を開始し、オストロムはゼルスの領土であるコマヌフ一帯の割譲を認めさせ、賠償金を要求した。

「せっかくゼルスを撃退し、ヴェシュエとの戦にも勝利したのに、父上が急逝するとはな……」

それは予期せぬ悲劇であった。父王が戦の帰りに病に倒れたのだ。帰路の最中、突然に胸を押さえて苦しみだした父王は、そのまま二日ほど昏睡状態に陥り、息を引き取った。

父王が帰らぬ人となったため、オルティウスは二十四歳の若さで王となった。まだ、父の元で学びたいことはたくさんあった。

「前国王陛下も、オルティウス様が身を固められることを喜ばれておられますよ」

ヴィオスの静かな声が室内に響いた。

オルティウスは、窓の外を眺めた。日陰にはまだ少しだけ雪が残っている。大陸でも北に位置するオストロムの冬は長い。溶け残った白い塊はなぜだか白銀の姫君を思い起こさせた。

(色々なことが起こったからな。少々感傷的になっているらしい。俺らしくもない)

愛馬を走らせたら、少しはこの鬱屈とした気分も晴れるだろうか。妻を持つことなどまるで実感も湧かないオルティウスは、この婚姻をまだどこか他人事のように考えていた。

＊

オストロム王国に到着をして十日後。

この国の若き王オルティウスはゼルスの白い薔薇ウィーディアを妻とした。結婚式はイプスニカ城内にある聖堂で行われた。

この国は建国時に聖教に改宗をしている。大陸で広く信仰されている宗教である。

結婚式を終えたあとに開かれるのは賓客を招いての晩餐会。その後はオルティウスの妻として最初の仕事が待っている。王の寝所に侍るのだ。

晩餐会はこれからだというのに、すでにエデルはくたくただった。今朝は早くから準備に追われた。オストロム風の花嫁衣装を着ての結婚式は緊張の連続で、正直あまり覚えていなかった。

それにゼルスを出て以降、エデルの生活は全てバーネット夫人の監視下に置かれ、食事は麦粥とスープという質素極まりないものになった。

イースウィアは最後の嫌がらせと悪意でバーネット夫人を付き添わせた。王妃の腹心でもある彼女はゼルスにいた時と同じようにエデルを虐げる。

衣装替えが行われたのち、晩餐が始まった。エデルの隣には夫となったオルティウスの姿がある。

正餐室(せいさんしつ)の長細いテーブルの上には今日のためにと用意された食材をふんだんに使った豪華な食事が数多く並んでいる。

胃がきゅるきゅると鳴るのだが、祝いの挨拶を述べに来る人々の対応のため、なかなか食べ物を口に運ぶことができない。

「相変わらずオストロムの食事は口に合わないか？」

人の波が途切れた時、オルティウスの低く硬質な声がエデルへと落ちてきたため、反射的に隣を見上げた。

けれども、エデルが口を開く前に、すぐ近くに着席するバーネット夫人が台詞を奪ってしまう。

「到着後に行われた歓迎の晩餐会でも申し上げましたように、姫君はゼルスでは質素な生活を心がけていましたわ。肉類など姫君がもっとも忌み嫌うもの。結婚をしても、変わらずに姫君の食事はわたくしが管理致しますわ」

バーネット夫人が言う歓迎の晩餐会とは、オストロムに到着して三日後に行われた席のことだ。あの時彼女は、エデルがさも信仰深く粗食を愛する娘だと周囲に吹聴した。

エデルは反論することができなかった。もとより、彼女に逆らう気概など持つことはできなかった。小さな頃からイースウィアとバーネット夫人に従順であることで、エデルは生き延びてきたのだ。

「バーネット夫人、彼女は姫君ではない。私の妻だ。今後は妃殿下と呼ぶように」

「あら、失礼しましたわ」

ゼルスの有力貴族を夫に持つバーネット夫人は来賓として結婚披露のための晩餐会に

招かれている。席次はエデルに配慮したのか近くに配置されている。

ちっとも悪びれない彼女の態度にオルティウスが少しだけ苛立っている。育った環境から、人の感情の機微に敏いエデルは竦み上がった。

バーネット夫人はオストロムに到着して以降も、この国を軽んじる態度を隠そうともしない。さすがにこのような公の場では静かにしているが、言葉の端々にゼルスが上であることがにじみ出ている。

「国ではどうだったか知らないが、すでにウィーディアは私の妻だ。それがどういうことか分かるか。今後は肉も魚もきちんと摂取してもらう」

「まあ。御冗談を。妃殿下はこれまでも麦粥とスープにパンという食生活で十分健やかに過ごされてきましたわ。妃殿下の生活様式にとやかく口出しされたくはないですわね」

ゼルスの王妃が遣わした付添人として、バーネット夫人はエデルよりも堂々とした態度でイプスニカ城内を闊歩し、威張り散らしている。

オストロム側の女官や侍女たちは二人を遠巻きに眺めるだけ。何か進言しても「これだから田舎の人間は」とバーネット夫人が哄笑するからだ。

結局晩餐の席では来賓の相手に気を取られたこともあり、碌に食べることができなかった。

晩餐の席から連れ出されたエデルは侍女らによって重たいドレスを脱がされ、身を清めた。薄い絹の夜着は滑らかだが、心もとなく、そのせいか指先が震えた。

王の寝所に侍る支度が整ったところに、バーネット夫人が現れた。彼女はこれから蛮族の王に身をささげる哀れな娘、エデルを睥睨し、唇で弧を描いた。そして素早く身を屈(かが)め、彼女にしか聞こえない声で囁(ささや)く。

「せいぜい、蛮族の王に可愛がってもらいなさい。泥棒猫の娘なのだから男を悦(よろこ)ばせることくらい造作もないでしょう?」

冷たく蔑む声がゼルスの王妃イースウィアのそれと重なった。

「――っ……」

「妃殿下、王のもとへご案内します」

抑揚のない声が割って入る。オストロム側の女官長、ヤニシーク夫人である。黒髪に薄青の瞳という典型的なオストロム人の特徴を持つ彼女は、エデルがこの国に到着して以降、見定めるような視線を据えてくる。

バーネット夫人は王の寝所付近への立ち入りを許可されていない。それについて彼女は文句を言っていたが、今も複数の女官がバーネット夫人を視線で牽制(けんせい)している。

エデルはぎこちなく足を踏み出し、王の寝所へ到着した。

イプスニカ城内はゼルスの宮殿と変わらないくらい豪華で重厚な造りをしている。天鵞絨（ビロード）の天蓋付きの大きな寝台。大理石で作られた暖炉と飾り棚が燭台（しょくだい）の灯（あか）りを受け、ぼんやりと浮かび上がっている。

「逃げ出さずによく来たな、ウィーディア」

現れたオルティウスは今のエデルと同じく薄い夜着を身に纏っている。

エデルよりも高い背に厚い胸板、そして少し野性味を帯びた精悍（せいかん）な顔立ちに、どこに視線をやっていいのか分からなくなる。

野獣だとか大男だとか言われていた黒狼王は、しかしその青い瞳は理知的で、声は低いが耳に心地よかった。

それに彼はエデルがオストロムに到着した日、出迎えてくれた。差し出された手が思いのほか優しかったのを覚えている。

確かにエデルよりもずいぶんと大柄で表情も硬いばかりではあるが、不思議と怖いとは思わなかった。

「ウィーディア」

再び名を呼ばれた。

「……はい」

緊張に声が掠れたが、静寂に支配された室内で、それは思いのほか響いた。

オルティウスがゆっくりこちらへ近づいてくる。視界が彼の逞しい胸板に占領される。彼はやおら手を伸ばし、エデルの両頬を片方の手の指で挟み上向きにした。

突然のことに心臓が飛び上がった。

オルティウスの薄青の瞳がエデルを射貫く。

「おまえは今日から俺の妻になった。妙な真似をしてみろ。おまえの首などすぐに刎ねてやる。肝に銘じておけ」

低い声が耳朶に届く。吐かれた内容にすくみ上る。目が逸らせない。怖い。

しかし、恐怖を覚えたのはほんの数秒のことだった。首を刎ねると言うのに、彼のエデルを見据える瞳は真っ直ぐで、澄んでいた。いや、何の感情も乗せていなかった。

彼はエデルを憎悪しているわけではない。直感的にそう思った。

それはきっと、彼の瞳の中にイースウィアの持つエデルを殺したくて仕方がないというような激しい厭悪を感じないから。

「反論でもするか？」

「……いいえ。ございません。陛下」

「殊勝な心掛けだな」

エデルが返事をすると、オルティウスは彼女の顔から手を離した。しかし彼はまだエデルから視線を逸らさない。真意を測るかのような強い視線をぶつけられる。居心地が悪くてエデルは逃げたくなった。

けれどオルティウスがそうはさせてくれなかった。エデルをさっと抱きかかえ、寝台へ連れて行ったからだ。

敷布の上に降ろされ、戸惑う間もなく、エデルの上に彼が覆いかぶさってきた。

真上から見下ろされる。不思議と目を逸らすことができない。こんなにも間近で男性に触れられるのは初めてで、ふと結婚式での口付けを思い出す。

どうしてだろう。無性に逃げ出したくなった。それは彼を受け付けないとかそういうものではなく、何か胸が騒いだからだ。その正体が分からず、エデルは戸惑った。

「俺のことが怖いか？　それとも、俺のような男に抱かれるのは厭わしいか？」

鼻と鼻がくっつきそうな距離でオルティウスが嘲笑めいた。

「……いいえ、滅相もございません陛下。ただ……」

「ただ、なんだ？」

「初めてのことなので……」

この気持ちをどう表現すればいいのだろう。困ったように眉尻を下げると、オルティウスが短く息を呑んだ。

言葉にできないたくさんの感情がせり上がってくる。

彼を騙している。彼が抱こうとしているのはウィーディアではない。エデルというちっぽけな身代わりの娘。きっと彼はエデルの存在すら知らないのだろう。ゼルスの王女として育てられたが、公の場に姿を現したこともなかった。貴族たちはエデルをいないものとして扱った。

この婚儀に当たり、ウィーディア・エデル・イクスーニ・ゼルスという名前になった。それはゼルス側の小細工だった。どちらとも白き薔薇と言い訳ができるようにエデルは姉の名前を貰った。姉もおそらく同じ要領でどこかの国へ嫁ぐのだろう。

感傷に浸っている最中、オルティウスが唇を塞いだ。結婚式の時とは違い、徐々に口付けが深まっていく。息継ぎができず、エデルは体を揺らした。

口付けの直後、オルティウスの湖面を思わせる瞳に晒される。

「ゼルスではオストロムを含む東側の国々を蛮族と揶揄するのだろう？」

「そんなことは……ございません……陛下」

寝台の上でオルティウスは自虐ともとれる発言を繰り返した。従順な振りをしているだけだろうと言われているようでもあった。

これは国同士の契約。王家に生まれた者としての責務。

ろうそくのわずかな炎の灯りが照らす陰影が妙に瞳に焼き付いた。

聖堂での誓い通り、この日エデルは破瓜の血を流し、正真正銘オルティウスの妻になった。

＊

薄暗い室内で、白銀の髪の毛が燭台の光を受けて輝いている。

敷布の上に散った細い髪の束を、オルティウスは何気なくすくい上げた。さらさらと指の合間から落ちていく銀糸は絹糸のようでもあった。

初夜の契りを終えたあと、気を失うように眠りについたウィーディアを、オルティウスは見下ろしていた。

「……最後まで抵抗しなかったな」

ぽつりと呟いたのは、誰かに言い聞かせるためなのだろうか。

きっと、彼女が想像以上に儚げで従順だったからだ。抵抗された方がよかったくらいだ。

傍らの少女は微動だにしない。オルティウスはつい不安になって、彼女の口元に手をやった。弱いがきちんと呼吸をしていて安心する。

（さて、どうしたものか……）

初夜の行いは幾分オルティウスを感傷的にさせていた。

目の前では己の戸惑いなどまるで気にしていない、とでもいうようにウィーディアが眠りについている。

夫婦になったとはいえ、オルティウスは彼女に気を許すつもりはない。当然寝室は別に用意をしているし、伽が済めば王妃の寝所へ帰す予定だった。

ウィーディアが寝返りを打った。その拍子に上掛けが肩からずれた。寒くないように位置を直してやる。

どうしてだか、彼女を起こすことがはばかられた。このまま寝かせておいてやりたいと訳もなく考えたのはこの政略結婚に対する罪滅ぼしか、それとも——。

オストロム側の事情でゼルスから戦利品のように奪った王女を見下ろした。

（どうせ、おまえも心の中ではオストロムに嫁がされたことに対して不満を持っているのだろう？）

建国二百年ほどの若い国に住まう人々は黒髪に青い瞳を持ち、騎馬民族の流れを汲んでいる。狩猟から農耕へ生活基盤を変え、都を作り、西側と同じ神を信仰するようになったが、未だに西側諸国はオストロム以東の国々を文化も持たぬ野蛮な国と軽視する。今回の婚姻は和平の意味もあるが、意趣返しでもある。

どうせ最初から見下されているのなら、とオルティウスは彼女の前ではわざと昔のように俺と呼称してみせた。だが彼女は眉を顰めることも言葉遣いを正そうとすることもなかった。

彼女に隙が生まれるとすれば、それは明朝眠りから覚めた時。きっと彼女はオルティウスの隣にいることに驚愕し、嫌悪に顔を歪めることになるだろう。

嫌われていると自覚することができればこちらとしてもありがたい。下手に情が移る前に割り切ることができる。

オルティウスは寝台から立ち上がり扉を開いた。王妃をこのままここで寝かせることを前室で控えていた侍従に告げると、彼はほんの少しだけ目を丸くした。

用が済み、扉を閉めようという段になった時、侍従長が前室へ入ってきた。彼によると、初夜を済ませたウィーディアの引き渡しをバーネット夫人が求めているという。彼女は王の寝室へ入室する許可を声高に叫び、ウィーディアが正真正銘純潔だったという証をこの目で見る義務があると主張しているとのことだった。

「俺が証人だ。そうあのご夫人に告げておけ」

「かしこまりました」

侍従長は王の言葉に首を垂れた。

オルティウスとてそのような風習があることくらい知っている。しかし、ゼルス側の人間を王の寝室へ入れるわけもないだろう。あの女はいったい何を考えているのだろう。まったく、図々しい女を連れてきたものだ。

「ああそれから——」

オルティウスはふと思いつき、侍従長に明日の朝食についても命令を下した。

信心深いのだか知らないが、ウィーディアは清貧を好むという。しかし、全体的に小柄で十代後半という年齢よりも幼く見えるのは、その粗食が原因なのではないか。

それに先ほどの晩餐でも彼女は碌に食べていなかった。あのあと、何か口にしたのだろうか。

(聞けばよかったな……)

ウィーディアはオストロム国王の妻になったのだ。もっと太らなければ身籠った時、出産に耐えられない恐れがある。ゼルスでの習慣など知ったことではない。

用件を済ませ、寝台に戻ったオルティウスは今度こそ眠りにつく準備をする。

少々体が冷えたため、すぴすぴ眠るウィーディアを引き寄せる。適度な温もりを心地よく感じた。

朝まで女と一緒に過ごすなど、これまでのオルティウスには考えもつかなかったのだが、まあいいかと思った。結婚式の疲労は戦のそれとはずいぶんと違うようで、判断能力が緩くなっているようだ。

しっとりと熱を持ったウィーディアのおかげで体が温まり、オルティウスはそのまま眠りについた。

「おい。起きろ」

翌朝、ウィーディアは相変わらず眠りこけていた。こちらは新妻を警戒して眠りが浅く何度か目を覚ましたというのに、これではこちらが馬鹿みたいではないか。

彼女はどうしてこうも無防備にすやすや眠っていられるのだろう。疲れているにしても、もっとこう、あるだろう。何となく、面白くない。

「ウィーディア」

再度呼びかけるも反応はなし。

彼女はむにゃむにゃと言葉にならない何かを発し、こちら側にごろんと寝返りを打った。

するとウィーディアの白い肌が視界に入った。豊満な体つきとは程遠いはずなのに、色白の肌の陰影が妙になまめかしく、つい息を呑んでしまう。白銀の長いまつげに縁どられた瞳が固く閉ざされている。小さな唇だけがほんの少しだけ開いており、規則正しい呼吸が繰り返されている。

オルティウスは無意識に彼女の頬に手を伸ばした。

まるで触れれば壊れてしまいそうな陶器の人形のようだ。目の前で眠る少女は本当に人間なのだろうか。そのように考えた己の思考を振り払うようにオルティウスは三度声を出す。

「朝だ。起きろ、ウィーディア」

「ん……んぅ……」

少ししたのち、ウィーディアの瞳がゆっくり開いた。寝ぼけまなこな紫水晶の瞳がこちらに向けられる。まだ半分夢の中にいるらしい。彼女は何度かぱちぱちと瞳を瞬いた。やがて焦点が合い、正面のオルティウスを見つめ、それから数秒。

「ひゃぁ……」

彼女は驚いたのか、小さな悲鳴を上げた。彼女をじっと観察していたオルティウスは拍子抜けしてしまう。

これは気位が高く高慢な女が演技をしているだけなのか。

「ウィーディア」

「……」

「ウィーディア」

「は、はいっ！」

今度はいくらか裏返った声が返ってきた。

「よく寝ていたな」

「は、はい……。申し訳ございません。陛下の寝所を……その、独占してしまって」

ウィーディアは慌てた様子で起き上がり、けれども裸であることを確認して顔を真っ赤に染め上げ、掛け布を引き寄せる。

彼女はこちらを見ようとはせず、俯いたまま固まっている。初心な反応にオルティウスはこっそり視線を外した。二人の間に珍妙な空気が流れる。

これではまるで初めての恋に戸惑う少年少女ではないか。

「まだ顔色がよくない。もう少し眠っていろ」

だからだろうか、らしくないことを口走り、ウィーディアの銀色の髪の毛をくしゃりと撫でた。

「しかし……」

ちらりとこちらを見やる紫色の瞳とまるで熟れたさくらんぼのように染まった赤い頰。物慣れぬ態度に釈然としないながらも、オルティウスは彼女の白銀の髪がとても柔らかなことに今更ながら気が付いた。

「いいから眠っていろ。朝食はしばらくしたらこちらに届けさせる」

一方的に告げたのち、オルティウスは脱ぎ捨てていたガウンを取り上げ、素早く身に着ける。ついでに彼女のものも放ってやる。

オルティウスは部屋から出て行く前に後ろを振り返った。ウィーディアは困惑した顔でこちらを見つめ返している。

「寝ろ」

「は、い……」

それだけ言ってオルティウスは部屋から出て行った。

どうにも拍子抜けをしてしまう。ゼルスの王女とはあんなにも大人しく男慣れしていない女だったのだろうか。どこかおかしいと思うのにオルティウスの瞳の裏にはウィーディアのあどけない様子が焼き付いて離れない。

それを振り払うように、オルティウスは次の間に控えていた侍従と侍女にウィーディアを寝かせることと彼女が起きたら朝食を運ぶことを伝え、自身の朝支度を整えた。

三

バシャリ、バシャリと水をかける音が何度も浴室に響き渡る。

エデルの頭の上からかけられる元はお湯であったそれはすっかり冷めて水になっていた。

朝の支度と称してエデルを浴室に連れ込んだバーネット夫人は、他の世話役を全て部屋から追い出した。

「まあ、さっそく男を誑し込むだなんて。さすがは淫売婦の娘だわ。汚らわしい」

水音の合間から、女の粘着めいた声が耳に届く。

「赤い染みをいくつも付けて。いやらしい娘」

バーネット夫人はもう一度浴槽から水を汲み、それをエデルの頭の上にぶちまけた。

「ほんとうに、ほんとうに、いやらしい。王妃殿下から夫を奪った、いやらしくて汚らわしい最低な女」

怨嗟の言葉はエデルに対するものなのか。それとも別の誰かにあてたものか。エデルはまるで自分がイースウィアから王を奪ったのだと錯覚しそうになる。

元はお湯だったそれが冷めるのを律儀に待ったのち、バーネット夫人はエデルを浴槽に沈めた。それだけでは足らぬとばかりに、彼女はあらかじめ別のたらいに用意をさせておいた冷水をエデルの頭からかけた。

嫁いでも解放されることのない悪意に心が疲弊していく。

「朝食を用意してもらうだなんて悪い子だこと。王になんて言って食べ物を強請ったの？　あの女のように甘い声で囁いた？　閨の中で、おまえはどんな声を出したのだろうねえ」

ねっとりした声にエデルは顔を強張らせた。昨晩のことを思い出してしまったからだ。まるで自分のものとは思えないような高い声が頭の中に蘇る。

エデルはぎゅっと目をつむった。あれが男を惑わす女の声だというのだろうか。

肩を震わせたエデルに気をよくしたバーネット夫人は何度も浴槽の水を汲みあげ、エデルの頭の上からザバザバと掛け続けた。

それは、まるで汚れをはらう神聖な儀式のようでもあった。

オルティウスが寝所から去った後、エデルは彼の言葉に甘えて寝台の中でまどろんでいた。男を初めて受け入れた身体は疲れていて、にぶい痛みもあったからだ。それに、朝起きたらオルティウスが思いのほか優しくて気が緩んでしまった。

静寂が戻った室内で、エデルはそのまま瞼を閉じた。次に目を開けたのは扉の外から何か高い声、いや悲鳴のようなものが聞こえた時。それから遠慮がちに扉を叩く音も。

エデルが慌てて寝台から飛び起き、寝間着を身に着けて扉に向かうと女官が申し訳なさそうに話しかけてきた。

話を全部聞いたエデルはそのまま王の寝所を飛び出した。

嵐の中心にいたのはバーネット夫人だった。彼女に断りもなくエデルに食事を与えようとした王とその配下に対して憤怒し、挙げ句運んでいる途中の朝食を奪おうとし、ひっくり返した。すぐにでもエデルを引き取ろうと王の寝所へ入ることも躊躇わない様子で、侍従と女官の制止を破るのも時間の問題であった。

エデルが寝間着姿のままバーネット夫人の前に現れると、彼女は有無を言わさずその腕を掴み、王妃の居室の奥にある浴室へ放り込んだ。

「おまえの母は、王妃殿下の侍女であることを忘れて陛下に媚びを売った。身体を開いて王を受け入れたとんでもない淫売婦だった」

バーネット夫人の吐く言葉は全てイースウィアの呪いの言葉。彼女は未だにエデルの母に対して怨嗟の念を抱いている。

「淫売婦の娘もやはり淫売婦だったわねぇ。汚らわしい。ああ気持ちが悪い」

エデルは自分の母が現在どこにいるのか、そもそも生きているのかも分からない。五歳の頃までは母と一緒に離宮で暮らしていた。時折父王が訪れ、祖母だという当時の王妃もエデルに会いに来ることがあった。

（お母様は、優しかった……）

母はエデルを抱きしめて眠ってくれ、どんな時だって微笑んでくれた。

母娘だけでひっそり暮らしていた生活はある日突然終わりを告げた。母が忽然と姿を消したのだ。その後連れて来られた宮殿でエデルは王妃イースウィアや義理の兄姉から嫌がらせを受けて育った。

エデルは強く目を閉じた。昔からずっと思い出の中の母を守ってきた。エデルを撫でる優しい手。自分を呼ぶ柔らかな声。大丈夫、ちゃんと全部覚えている。

「王がおまえのような娘でも、王女として育てるなどとおっしゃるから……。ああ、本当にあの時は口惜しかった」

エデルはじっと耐えた。浴槽の中で膝を抱えバーネット夫人の気が済むまで石のように固まったまま動かなかった。彼女の気が済めばここから出してもらえる。だから今は我慢するしかない。それは幼い頃に学んだ生存方法だった。

泣くと余計に怒られ、頬をぶたれた。母を恋しがると、ただでさえ少ない食事の回数を減らされた。

案の定、バーネット夫人は一通りエデルを悪し様に言ったことで満足したらしい。浴槽から連れ出された。

しかし、その後も試練は続いた。

彼女がエデルから昼食と飲み物を奪ったからだ。女官は二人分の食事を用意していたが、エデルは着席することさえも許されなかった。

「おまえは昨日、結婚式の晩餐を食べたでしょう？　だったら今日の食事は必要ないわ」

「で、でも――」

「おや、何か言いたいことでもあるの？　おまえが、わたくしに逆らおうとでもいうの？」

「――っ……」

昨晩、エデルは碌に物を食べることができなかった。それを彼女も知っているはずだ。

だが、喉が凍り付いて言葉が出てこない。

彼女はエデルに見せつけるようにことさら丁寧に食べた。エデルは水の一口も取ることを許されないままだった。給仕の女が何かを言いたそうにこちらに視線を向ける。

それに気が付いたバーネット夫人はナプキンで口を拭いながら言う。

「妃殿下はこのような食事には手を付けられませんわ。まったく、こんな田舎臭い料理。わたくしの口にも合わないったらないわ。やはり所詮はオストロムねぇ」

ふぅ、と息を吐いたバーネット夫人はエデルの花嫁道具として持参した高級な茶を淹れるよう女に命令した。遠い異国から輸入した茶は高級品である。

訴えかけるような女の視線が突き刺さる。エデルはぎゅっと唇を噛みしめた。

「わたくしの命令が聞けないの？　それとも大陸公用語が理解できないのかしら？」

女はややしてから「かしこまりました」と頭を下げ退出した。

その日の夕刻、にわかに騒がしくなった。誰かが王妃の居室を訪れたらしい。取次に向かったはずのバーネット夫人の姦しい声がエデルの耳に届いた。

それから少ししたのち、大男たちが無遠慮に部屋の奥まで入ってきた。

暗い色の騎士服と金色の徽章には見覚えがある。オルティウスの近衛騎士だ。午後の間ずっと座ることすら許されなかったエデルは闖入者を前に目を瞬いた。自分よりも背の高い幾人もの男たちに見下ろされ、一歩後ずさる。

「わたくしの許可なく侵入するだなんて、なんて野蛮な男たちなの！」

彼らの後ろからバーネット夫人が叫んでいる。

「国王陛下のご命令をお持ちしました。夕食は必ず食するように、とのことです」

近衛騎士はバーネット夫人には取り合わず、エデルに向けて宣告した。

「何を勝手なことを！　妃殿下の食事はわたくしが管理をすると申しておりましょう」

「貴殿は国王命令に逆らうおつもりですか。妃殿下はすでに陛下の妻となられたお方。今後、妃殿下の食事は陛下が管理をするとのこと」

「なんて厚かましいのかしら！　さすがは野蛮人の国の王だわ」

「滅多なことをおっしゃいますな。いくらゼルスからの客人とはいえ、不敬罪に処されますことをお忘れなきよう」

近衛騎士の高圧的かつ絶対的な言葉にバーネット夫人はぎりりと歯噛みした。瞳はめらめらと怒りに燃えているが、騎士たちは一歩も引く気配はない。

「妃殿下。食事の準備が整っております。どうぞ食堂へ」

近衛騎士の一人がエデルを促した。

エデルはその場に縫い留められたかのように、足を動かすことができなかった。

昨日の晩からほとんど食べていない。朝から何も飲んでいない。飢えと渇きに体が悲鳴を上げている。

「ウィーディア様。分かっておりますわね」

近衛騎士たちに付いていくな。バーネット夫人が言外にエデルに言い含める。

その低い声が呪縛となり、エデルの両足にねっとりと絡みつく。彼女に逆らってはいけない。でないと、あとで倍になって返ってくる。

額に汗がにじみ出る。動悸に、呼吸が浅くなる。

(どうしよう……。どうしたらいいの?)

血の気を失いかけたその時、近衛騎士たちの背後から新たな声が聞こえた。

「ウィーディア。昼食を食べなかったと聞いている」

王の登場に、騎士たちがさっと動き、エデルの前に空間が生まれた。あっという間に目の前にやってきたオルティウスはエデルを見下ろした。薄青の瞳がガラス玉のように思えた。

「……ぁ……あの……」

喉がカラカラに渇いて声がひくついた。

「どうして食事をとらない？」

オルティウスは機嫌が悪い。いや、怒っている。その様相にエデルは恐怖する。

「まあ、陛下。横暴ですわ。最初に申しました通り、ウィーディア様は粗食を常としておられます。それに、オストロム風の食事など……よしんば召し上がられてもウィーディア様のお口に合うはずもございませんわ」

エデルよりも先にバーネット夫人が口を開いた。オストロムを嘲るような声音に部屋の中の温度が一層下がっていく。

「この国の食事は不快だと？」

オルティウスの声が低くなった。

エデルの顔からますます血の気が抜けていった。この国の食事は美味しい。本当はお腹が空いている。食べたい。水を飲みたい。でも、逆らうともっと酷い目に遭ってしまう。心の中では叫び声を上げることができるのに、現実のエデルはただオルティウスを見上げて、浅い呼吸を繰り返すだけだ。

この人を怒らせたいのではない。どうしたらいいのか分からない。

エデルに限界が近付いていた。オルティウスとバーネット夫人の板挟みになり、飢えた体が先に悲鳴を上げた。膝から下に力が入らなくなり崩れ落ちたのだ。

その寸前でオルティウスがエデルを抱き留めた。彼はそのまま彼女を横抱きにして扉に向かって歩きだした。

「その娘をどちらにお連れするつもりですか！」

「貴殿には関係ない」

「関係ないですって？　わたくしはゼルスの王妃殿下からその娘の躾と教育を申し付かっているのですよ！」

バーネット夫人は国王相手でも怯まなかった。

「この娘はすでに私の妃だ。ここはゼルスではない。オストロムだ。私が妻をどう扱おうと貴殿に指図をされる覚えはない。もちろん、ゼルスの王妃にも、だ」

オルティウスは低い声でそう言い捨てると、そのまま部屋から出て行った。

エデルは抱きかかえられたまま事の成り行きをぼんやりと見守っていた。

彼は迷いのない足取りでエデルを別室へ連れて行き、中央に設えられた長椅子の上に下ろしてくれた。すぐに女官が水を運んできた。エデルは渇きに我慢できず、ごくごくと飲み干した。ほんの少し柑橘類の香りがした。

「お代わりもございますよ」

女官長のヤニシーク夫人はエデルの手元から銀製のゴブレットを抜き取り、お代わりの水を注いだ。エデルはほんの少し恥ずかしくなって、今度はゆっくり口を付けた。

「陛下。お食事はどちらへ？」

「ここへ運べ」

女官長との会話が終わったタイミングを見計らい、そろりと尋ねた。

「あの、ここは……？」

「昨日、同じ寝台で眠っただろう？　もう忘れたのか？」

ということはここはオルティウスの私室だ。昨日は暗かったし、緊張していたからあまり覚えていなかった。

いつの間にか彼はエデルの隣に座っていた。視線をやけに感じる。実際彼はエデルを観察するように眺めている。エデルは背もたれに体を預けていたが、急にそわそわして身を起こそうとした。それをオルティウスがやんわりと留めた。

「体に力が入らないのだろう？　昼食を抜くからそうなる」

「……」

自分の意思ではないのだが、バーネット夫人に昼食を取り上げられたことを言えば二人の関係性を問い詰められる可能性がある。するとなし崩し的にエデルが偽者であることもばれてしまう。そうなればきっと、両国間に溝が生まれる。

エデルは黙り込んだ。沈黙がやけに重く感じるのは自分が偽者だという自覚があるからだ。

しばらくすると料理の皿が運ばれてきた。よい香りが鼻腔をくすぐり、エデルのお腹が控えめに主張した。それは隣のオルティウスにも届いたようで、うっかり目を合わせてしまったエデルは恥ずかしくなって慌てて下を向いた。だから彼女はオルティウスがほんの少しだけ目を丸くしたことに気付かなかった。

「王の命令だ。食事をとれ」

オルティウスは淡々と命じた。

エデルは動くことができずにいる。食事をとったことがバーネット夫人に知られれば、彼女は必ず罰を与える。今日と同じようにエデルに冷たい水を掛けるか、見えないところに傷を付けるだろう。

それでも食べたいという欲求が体の奥から湧いて出る。とてもよい香りが部屋の中に充満している。胃が刺激され、口の中に唾液が広がっていった。

「ウィーディア」

オルティウスが立ち上がり、エデルをふわりと抱きかかえた。まるで羽にでもなったかのようだ。彼にとっては簡単なことなのだろう。

彼の逞しい胸板が頬のすぐ隣にある。昨日の情事を思い出してしまい、エデルは一人顔を赤くした。彼はきっと何とも思っていないのだろう。そっと目線を上に向けると、彼は涼しい顔のままだ。

自分だけ妙に意識しているようで恥ずかしくなった。彼の精悍な顔つきは一見すると怖くもあるのに、なぜだか怖くない。今朝、頭をふわりと撫でられたからだろうか。

「どうした？」

「いえ……」

どうやら見つめ過ぎたらしい。エデルは慌てて視線を外した。

部屋の片隅にある丸テーブルの上に食事が用意されている。エデルは椅子の上に優しく下ろされた。

（お腹……すいた）

まだ温かいそれは煮込み料理で、エデルはごくりと喉を鳴らした。

「ほら、食え」

「……あの……でも……」

「なんだ？」

「……食べたら……」

怒られる。続く言葉は出てこなかったが、エデルは無意識に扉の方に視線を向けた。

「この国で一番の権力者は俺だ。その俺が食べろと言っている。ゼルスの王妃もバーネット夫人も関係ない。食べろ、ウィーディア」

最後の一言がエデルの躊躇う心を溶かしていく。

この国の王が食事をしろと言っている。これは命令だから食べてもいい。

エデルはゆっくりとフォークを持った。柔らかく煮込まれた牛肉は口の中に入れるとほろほろと溶けていく。

あたたかな食事が喉を通り、胃の中へ落ちていくと、お腹がじわりと満たされていった。肉料理の付け合わせの酢漬けの野菜も、つぶした芋料理もどれも美味しかった。

ゆっくり食事を続けていると、オルティウスも同じように食事をとり始めた。エデルが目を白黒させていると「たまにはこういうのも一興だ」と言った。

二人きりの夕食は静かなものだったけれど、誰かととる食事が穏やかだと感じたのは随分と久しぶりのことだった。

「それだけでいいのか？　本当に？　まだこの期に及んで制限をしているのか？」

エデルは満腹になったのだが、オルティウスは彼女の食べっぷりに不満があるらしい。

「い、いいえ。お腹いっぱいです」

「本当なのか？」

何度も聞かれ、さらには女官に命じてお代わりを持ってこさせようとする始末。

「恐れながら陛下。食事の量については人それぞれに適量というものが存在しますわ」

ヤニシーク夫人がやんわりとオルティウスを止めてくれてホッとした。さすがにこれ以上は食べられない。

「そういうものなのか……」

どこか納得できかねる、といった顔を作りつつオルティウスは渋々返事をした。その表情は王ではなく、素のオルティウスのようでもあり、エデルの胸の中にふわりと何かが灯（とも）る。

「……あの……、美味しかったです」

小さな声は彼に届いたかどうか。

「……食事、一緒に……その、ありがとう、ございました」

それでも一生懸命伝えた。彼がもっと食べろというのは、自分を心配してくれているからだと思ったから。

「……いや、礼を言われるほどのことではない」

返ってきたのはどこかぶっきらぼうな言葉だった。

＊

オルティウスは側近二人と共に、侍従長の説明を聞いていた。ヤニシーク夫人が持ってきた報告である。

「どうにもいびつな関係ですね。バーネット夫人を恐れるウィーディア様と、彼女を我が物顔で支配するバーネット夫人」

ぱたんと扉が閉まり、三人だけになった直後、ガリューが感想を漏らした。

「ああ。あれではどちらが主か分かったものではない」

オルティウスから見ても、あの二人の関係はどこか異常だった。

結婚式を挙げてから数日が経過していた。日中のオルティウスは執務で忙しい。視察で城を空けることもある。いくらウィーディアたち二人に釈然としないものを感じるからといって、四六時中この目で見張ることなど、できるはずもない。

「ゼルスへ調査の人間を放ったのだろう?」

「ええ。ご命令の通りに」

ガリューは頷いた。

「ウィーディアはバーネット夫人を恐れている。母親の筆頭女官とはいえ、臣下だろう。どうしてあそこまであの女に遠慮をする必要がある?」

それは違和感としか言いようのないものだった。

まだわずかな交流しか持っていないが、ウィーディアは明らかにバーネット夫人に遠慮し、夫人の機嫌を損なうことを恐れている。

「そのあたりも含めて結果が分かり次第ご報告に上がります」

このような調査はガリューの得意分野である。オルティウスよりも断然に愛想がいい彼は昔から他人の緊張をほどくのが得意だ。それでいて剣の腕も立つというのだから羨ましく思う。

どうしてそのようなことを考えてしまうかというと、ウィーディアはオルティウスに対して緊張しているのか、いつもおどおどしているからだ。別に怖がらせているつもりはないのに、彼女は勝手に己と線を引いている。何か面白くない。

「さきほど陛下が妃殿下とバーネット夫人を二人きりにさせないように、命を下しましたから、調査結果が上がってくるまでは様子見をするしかないでしょう」

「しかし、バーネット夫人はあのような調子のご婦人ですからねえ。ヴィオス、おまえは彼女が素直に命令を聞くと思うか？」

ガリューがやれやれとばかりに首を振る。

「確かに、かのご夫人はオストロムを軽視しています。しかしこの国に滞在するからには王の言葉は絶対だ」

ウィーディアとバーネット夫人にはさりげなく監視を付けてある。新妻が側近と称して間諜を連れ込み、故国へ有利となる情報を渡すなど常套手段もいいところ。

「まるで婦人そのものがゼルスという国を表しているようでもあるなあ」

ガリューがバーネット夫人の尊大な態度を揶揄した。

「ゼルスも厄介な人間を妃殿下につけたものです」

「オルティウス様がゼルスの王太子を蹴散らしましたからね。まあ、最後の悪あがきといった感じでしょうか。それにしては妙な動きをしていますがね」

ヴィオスの言葉をガリューが引き継いだ。

「その嫌がらせがウィーディアに向けられているのはなぜだ？」

ヤニシーク夫人の報告によると、オストロム側の女官も侍女も日中はウィーディアに近付くことができない。バーネット夫人がウィーディアに第三者が話しかけることを極端に嫌がるからだ。

バーネット夫人は毎日ウィーディアの湯あみに付き従い、長い時間をかけて彼女を磨き上げる。ヤニシーク夫人は用意した湯が冷めてしまうと憂慮し、扉の向こうから声をかけようとした。そして、ある種異様な光景を目撃した。

それが侍従長経由でオルティウスの耳にもたらされた。

（冷めきった湯に長時間ウィーディアを浸け、罵詈雑言を浴びせるなど……それが本当に主に対する行いか？）

オルティウスは心の中で自問した。

薄く扉を開けて聞こえてきた言葉はヤニシーク夫人を驚かせる内容だった。バーネット夫人はウィーディアに「淫売婦」という言葉を繰り返していた。それだけでは飽き足らず何かの棒でウィーディアの腹や背中をぐりぐりと押していたというのだ。

ヤニシーク夫人が慌てて止めに入るとバーネット夫人は一瞬目を見開き、それからすぐに哄笑し、「さすがオストロムの人間は礼儀がなっていませんわねぇ」と言ったそうだ。

先ほど報告を受けたオルティウスはバーネット夫人とウィーディアを決して二人きりにさせないよう命令した。

彼女に関する不穏な動きは他にもあった。

あの女はウィーディアが持参した花嫁道具の保管場所を聞き出そうとしていた。輿入(こしい)れの際、大粒の宝石で作られた装身具や繊細なレース製品やドレスなどが持ち込まれた。それらはオストロムの女官たちがそれぞれしかるべき場所へ仕舞ったのだが、バーネット夫人は執拗(しつよう)にありかを探り出そうとしている。

「オルティウス様はずいぶんとウィーディア様を気に掛けていらっしゃいますね」

ガリューの言葉に何かしらの含みを感じたオルティウスはうっすらと眉を寄せた。

いや、単に己が過剰反応をしているだけだ。

「毎日寝所に呼んでいらっしゃるとか」

「……べつにいいだろう。妻なのだから」

「まあ、妻ですしね」

オルティウスは横目でガリューを睨みつける。

王に課せられる責務のうちの一つは世継ぎを残すことだ。王と王妃が同じ寝所で眠ればを臣下も安心するだろう。

政略で嫁いできた妻に過剰に肩入れなどするつもりもないのに、どうしてだか彼女を目で追ってしまう。水晶のように透明感のある紫色の瞳に吸い込まれそうになる。

今朝だってそうだ。起き抜けの無防備なウィーディアが己を認識して息を呑む瞬間。どう場を持たせようかあくせくする彼女を眺めていると、もっと困らせてやりたくなって、つい脳内で突っ込みをしてしまった。己はいたずら盛りの子供か、と。いや、違う。ただ、彼女の反応をもっと引き出したかっただけだ。己の中の存外に幼稚な思いを振り払うかのように、オルティウスは話を戻すことにする。

「とにかく、今はバーネット夫人の話をしていたのだろう」

するとぼそりとヴィオスが呟く。

「ゼルスとの交渉以外にもこの国には色々と問題が山積みなんですけどね」

「分かっている」

二つの戦争が同時に起こったオストロムの内政は滞っている。それでなくても前王の急逝によってバタバタしているのだ、この国は。年若い王は父の代からの重臣たちには物足りないらしく、様子見と称して彼らの一部はオルティウスから距離を置いている。

オルティウスは顔を引き締めて次の議題に移った。

＊

オルティウスと二人きりで夕食をとってから数日が経過した。彼の命令により、エデルの食事は完全に彼の監視下に置かれることになった。

おかげで飢える心配はなくなったのだが、彼が立ち会えない時は近衛騎士の誰かに見張られることになり、少々堅苦しい。

そして変化はもう一つ。バーネット夫人がエデルから遠ざけられた。オルティウスの侍従長とヤニシーク夫人が彼女の傲慢な態度に屈することがなくなったのだ。いくら彼女がヒステリックに叫ぼうが、国王の命令を笠に頑として譲らなくなった。

思いがけず訪れた穏やかな日々にエデルはホッとしているのだが、どこか怖くもあった。彼女の苛立ちが増しているように思えるからだ。

エデルの夕食はオルティウスの私室に用意され、食事からの流れでそのまま彼の隣に居続け、朝を迎えることになる。

「こちらへ来い」

オルティウスに促され隣に座った。彼との間に隙間を開けてちょこんと腰を落とすと、彼はエデルの背中に腕を回し引き寄せた。当然のように触れてくるオルティウスにされるがまま、自然と彼に寄り添う。

「毎日ちゃんと食べているみたいだな」

「はい」

彼にとって自分は警戒対象だろうに、どうして側に置こうとするのだろう。世継ぎが必要なのであれば、食後一緒にいる必要はないはずなのに。夜の帳の中でのことを思い出すと、彼が触れた箇所がじんわりと熱を孕んでいる気がして、エデルは落ち着かなくなる。

「おまえはもっと太った方がいい。今のままでは簡単に折れてしまいそうだ」

言葉の意味を測りかねて、エデルは思わずオルティウスを見上げた。身長差があるため、座っていてもなお彼の顔は高い場所にある。

燭台の光に照らされた青い瞳がじっとこちらを見据えている。即位したばかりの若い王は、エデルのような痩せた娘は好みではないのかもしれない。

「陛下は太った女性がお好みなのですか？」

「……そういう意味ではない」

オルティウスが半眼になる。エデルは答えに失敗したのだと悟った。

「食べればもっと丈夫になるだろう。だから食べろと言っている」

「……はい」

どうやらエデルの細い体を心配しているらしい。

しかし、太れと言われても難しい。エデルはずっと空腹を抱えて暮らしてきた。彼の意向なのだろう、最近食卓には肉料理が多く並べられている。

エデルはそっと目を伏せた。まだ彼の隣は緊張してしまう。彼の視線が自分に注がれている、などと自意識過剰になってしまうのは、室内に二人きりだからだろうか。

実際、オルティウスはエデルを見下ろしたままなのだが、彼女がそれに気付くことはない。

「祖国では、何が一番好きだった？」

「……あまり好き嫌いはございません」

「そうか」

エデルは好き嫌いができるほど恵まれた環境ではなかった。薄い麦粥も具の少ないスープも貴重な食料だった。

オルティウスが黙り込むと室内は途端に静かになる。今日は無風のようで、外の音も聞こえない。エデルはぼんやりと燭台の炎が揺らめくのを眺めた。

（何か、わたしから話しかけた方がいいのかしら……？）

気の利いたことを言えればいいのだが、そもそも自分はオルティウスから観察されているだけなのかもしれない。それに、政略で嫁いできた女があれこれと姦しくしたら機嫌を損ねてしまう可能性もある。

彼の隣で小難しく考えていたら、いつの間にか体から力が抜けていた。そういえば、オルティウスの腕が背中に回されたままだ、と今更ながらに意識した。

この距離感が夫婦として正しいのか、身近に手本がいなかったためよく分からない。けれど、彼が自分を離そうとしないのなら、このままの方がいいのだろう。

ただじっと夫に寄り掛かるように座っている今の状況が不思議だと思う反面、この静寂は嫌いではないと思った。彼が内心何を考えているのか、推し量ることはできないが、少なくとも気分を害してはいないのだということは気配から感じた。

「飲みたいか？」

彼は手に持っているゴブレットをエデルに差し出した。食後酒の入った銀の杯だ。先ほどから彼は時折片手に持ったそれを口許（くちもと）へ運んでいた。

「あの……お酒は、飲んだことがないのです」

「そうか。おまえがこれを飲んだら酔っぱらって目を回してしまいそうだな」

エデルがふるふると首を振ると、オルティウスはほんの少しだけ口元を緩めた。

（……陛下が笑った……）

一瞬だけ見せたその顔が脳裏に焼き付いて離れない。

どうしてだろう。胸がやけに騒いでいた。

「どうした？　何か飲みたいのか」

彼を見つめすぎてしまったらしい。エデルは慌てて下を向いて、先ほどと同じように首を左右に振った。


その日の晩もエデルはオルティウスの寝所へ呼ばれた。王に嫁いだ女の務めは、世継ぎを産むことだとゼルスを発つ前に教えられていた。

寝所の灯りを落とし、静謐な夜の闇が支配する中、隣に横たわるオルティウスをつい意識してしまう。

「眠らないのか？」

隣からぼそりと低い声が聞こえた。

寝息が聞こえないから彼も起きているのだろうと思っていたけれど、声を掛けられるとは思わなかった。

「……」

この場合、何て答えるのが正解なのだろう。

オルティウスと同じ場所で眠るようになったが、まだ少し緊張してしまう。それはきっと、誰かと一緒に眠る習慣がなかったからだ。それに、このように近しい距離に誰かがいること自体に慣れていない。だから眠りにつくまで時間を要してしまう。

それは彼にとっても同じことなのではないだろうか。妻とはいえ、戦を行った国の元王女を毎日隣に寝かせておいてはオルティウスの気が休まらないのではないか。

「あ、あの……。毎日陛下の寝台にお邪魔をしていては……その……」

エデルはこの数日間疑問に思っていた言葉を唇に乗せた。

「おまえは、俺と一緒にいるのは嫌か？」

「い、いいえ……」

いつもより低い声が返ってきてエデルは身を震わせた。何か、怒らせてしまったのだろうか。

エデルは頭を少し動かして、隣に横たわるオルティウスの顔色を窺った。灯りを落とした室内は暗く、彼の表情を読み取ることはできない。

緊張するけれど、エデルはオルティウスの温もりが嫌いではなかった。じっと観察するようにこちらを見つめてくるその視線の中には悪意の欠片もない。

静かな青い瞳に捕らわれると吸い込まれそうになって、エデルは先ほど感じた胸の騒がしさを思い出し、一人鼓動を速くした。

「ならここにいろ」

「はい」

囁くような声が耳に届いて、エデルは素直に頷いた。

誰かが隣にいることを不思議に思う。ゼルスではいつも一人ぼっちだった。傅く女官も侍女も、皆イースウィアの顔色を窺ってばかりだった。

「眠れないのか？」

一向に眠る気配のないエデルを見かねたのか、そんなことを問われた。

「……分かりません」

「そういうものなのか」

そっと呟くとオルティウスが体勢を変えて、やおらエデルに腕を伸ばし、銀糸の髪に触れた。散らばった絹糸のように細い髪の毛を彼が梳いていく。

最初こそ、鼓動が速くなったが何度も同じ行為を繰り返されると、やがてそれもするすると解けていった。

オルティウスの手付きは優しく、何の色も乗せていない。

もしかしたら、彼も眠れないのかもしれない。

「父上が昔言っていた。こうすると俺の妹はすぐに眠るそうだ」

どこか懐かしむような声音だった。今ここにいるのはオストロムの王ではないのかもしれない。父を思い出すその声はどこにでもいる普通の青年と同じようにも思えた。そのように考えることは不敬だろうか。けれども同時に、素の彼を知れたことに、胸の奥がざわめいた。

優しくエデルの髪の毛を撫でる手つき。それがエデルの古い記憶を呼び起こす。瞼を閉じて、隣に横たわる夫の体温を感じる。すぐ近くで人の温かさを感じることがどこか懐かしい。昔もこうして大好きな人の腕の中で眠っていた。

「お……かあ……さま……」

寂しがるエデルを抱きかかえて眠ってくれたのは母だった。エデルが眠るまで優しく頭を撫でてくれた大きな手。耳元でエデルと囁いてくれた声。

幸せだったあの頃の記憶が、どうして今になって浮かぶのだろう。エデルは大きな温もりに包まれながら夢の中へ旅立った。

＊

バーネット夫人はじりじりしつつも機会を窺っていた。

結婚式が終わり、花嫁を連れ運んだ者たちは帰国の途に就いた。居残ったのはバーネット夫人のみ。その彼女は真綿で首を締められるように、己の行動範囲を狭められていた。

バーネット夫人は秘密裏に命令を受けてオストロムに居残っている。

（このままでは妃殿下の命令を遂行できない……。妃殿下はエデルを殺せと命じた。それをきちんと済ませないと、わたくしはゼルスへ帰れない）

主の長年の望みを叶えるために、自分はオストロムまでやってきた。

イースウィアはエデルを憎んでいる。夫である国王が己とは別の女と通じたという罪の証。それが彼女だ。

元は王妃付きの侍女に過ぎなかった女が、王のお手付きとなり離宮に囲われ、子供まで生んだ。王は囲った女の元へ通った。ゼルスの王は愛情を一介の侍女に求めた。

あの女は王に媚びを売ったのだ。女の色目を使い、王の子を身籠った。恩知らずで恥さらしの淫売婦。

（ようやくあの小娘がゼルスの外に出たというのに。あの娘はさっそくオストロムの王を籠絡した……。母娘で嫌なところだけ似るものね）

ゼルス国内で、エデルは王の言葉によって守られていた。

――エデルを王女として育てよ。

あの言葉のせいでイースウィアはエデルを殺せないでいた。王は気のないふりをしながらも、最低限エデルを守っていた。王女として遜色ないように育てろ。成果が表れなければ王は王妃に侮蔑の視線を向け、教育係を解雇した。

そのエデルがゼルスを出たのだ。国外では彼女を守るゼルス王の言葉など、ないに等しい。

ようやく機会が訪れたというのに、今度はオストロムの王が立ち塞がった。彼の存在は厄介だった。自分の邪魔ばかりする。王命によってバーネット夫人の見張りは強化され、エデルから遠ざけられた。

本当はもっとゆっくり彼女を殺すはずだった。徐々に力を削ぎ、苦しめ、小鳥の羽をもいでいくように、じりじりと。それが自分とイースウィアの望みだった。

だが、そろそろ潮時かもしれない。

エデルが輿入れの際に持参した花嫁支度の仕舞い場所を探っていたのだが、それを王に報告されてしまったようだ。おかげでますます監視の目が厳しくなった。

あれらは本来であればウィーディアのために用意されるべきものだ。それをゼルス王は憎き女の娘に与えた。イースウィアは目録を見て目を見開き、ゼルス王に抗議したが、何一つ取り合ってもらえなかった。ゼルス王は何年も前から王妃への関心を失っている。

こちらへの包囲網が狭まるのなら、やり方を変えるだけだ。

機会は必ず巡ってくる。バーネット夫人はエデルへの関心をなくした振りをして、日々過ごすことにした。

そして、ようやく待ちに待った日が訪れた。

オルティウスが視察のため、イプスニカ城を不在にしたのだ。おあつらえ向きに夕方から、しとしとと雨が降り出した。雨は音や気配を隠してくれる。

空を覆う雨雲は重たいままだ。おそらく明朝まで降り続くだろう。

（ああ、ようやくこの野蛮な国ともおさらばできるわ）

バーネット夫人は恍惚（こうこつ）とした笑みを浮かべた。憎い娘をこの手で殺してやる。絶望するあの娘の顔を思い描けば、それは何とも甘美な陶酔を彼女に与えた。

四

その日のイプスニカ城はどこか冷たい空気を纏（まと）っていた。雨が降りしきっているからだろう。

オルティウスは視察のため側近たちを引き連れて王城を空けている。彼の帰還予定は明日のため、エデルは久しぶりに一人で眠りにつくことになった。だから寒々しく感じるのだろうか。

王妃の寝所は女性らしい色合いの壁紙や絨毯（じゅうたん）で目を楽しませてくれるが、一人きりの寝台はどこか広く感じる。

いつの間にオルティウスの隣で眠ることに慣れてしまったのだろう。彼と過ごしたのはこれまでの人生の中で、まだほんの少しの間だというのに。今、彼がいないことに寂しさを抱いている。

今朝出立すると告げてきたオルティウスにエデルは「いってらっしゃいませ」と声を掛けた。すると彼はほんの少し唇を持ち上げながら「行ってくる」と返してくれた。

ただ挨拶を交わしただけなのに、妙に鮮烈に心の中に残っていた。

今も一人きりの寝台の中であの時のやり取りを思い出してしまう。早く帰ってきてほしいと考えてしまって、エデルは狼狽した。きっと、彼といると孤独を忘れることができるから。他に意味などない。そう言い聞かせ、エデルは閉じる瞼にぎゅっと力を入れた。

いつの間にか夢の中へと旅立っていたが、眠りが浅かったようだ。夜中にふわりと意識が浮上した。雨脚がさらに強まっているのか、窓を打ち付ける音が聞こえてくる。さらには雷鳴のとどろく音が届き「ひゃっ」と身じろいだ。

その直後だった。何者かによって、エデルは乱暴に寝台から引きずり下ろされた。何が起こったのか分からなかった。

外で大きな音がした。雷鳴の一拍後、光がカーテンの隙間から射した。浮かび上がった人影に、エデルは声も出せず驚愕した。

エデルのすぐ横にバーネット夫人が佇み、床に転がった自分を見下ろしている。

「やっ……！」

簡素な衣服に身を包んだ彼女は何の表情を宿すことなく、素早くエデルの腕を摑み、立たせようとする。恐怖で体が言うことを聞かない。

どうして。一体何の目的で彼女はこんな時間に、この場にいるというのだ。

そう思う反面、これは彼女の復讐なのだと頭の隅で警鐘が鳴った。エデルは彼女の意に背いた。勝手に食事をとって、彼女から遠ざけられたことに安堵し、温もりと安らぎを享受した。

だから彼女は今日ここにやってきたのだ。オルティウスが不在にしているこの好機を、彼女が見逃すはずもない。

「誰か――」

「静かにおし」

わずかに抵抗を見せたエデルの頰を、バーネット夫人は容赦なく叩いた。力加減など一切なく、一瞬気が遠くなった。

「ああ……いい顔だこと。最近大切にされて、さぞいい気だったろうねぇ」

「――っ！」

ねっとりと肌に絡みつく憎悪の籠った声に、エデルは一瞬で動けなくなる。

「さあ、こちらへおいで」

バーネット夫人はエデルを引きずり、部屋から出た。

彼女は確固たる足取りで続き間を抜けていき、露台へ続くガラス戸を開け放ち、エデルを放り出した。物を投げ捨てるように、露台に体を叩きつけられたエデルはその場にうずくまった。

エデルの身が強い雨に晒される。初春のそれは冷たく、薄い夜着一枚のエデルから容赦なく体温を奪っていく。

「本当はもっとじっくりいたぶって殺すつもりだったけれど、時間がなくなってしまったの」

「いや……」

何とか上半身を起こしたエデルはバーネット夫人を見上げた。彼女はガラス戸の内側からこちらを見下ろしている。

「あなたはこれから自殺するのよ。蛮族の王にその身を汚(けが)されて、その屈辱から手首を切って、こと切れる。素敵な筋書きでしょう?」

エデルはガタガタと震えた。寒さからくるのか恐怖からくるのか分からない。両方からかもしれない。

再び雷鳴がとどろいた。一瞬光ったその時、彼女の手に何かが握られているのが分かった。

「ああ、長かったわ。おまえが生まれてから……ずっとずっと、殺したくてたまらなかった。今日やっとおまえを殺せる」

「わたしを殺したら……バーネット夫人、あなたもただでは……」

　エデルは和平の象徴としてオストロムに嫁いできた。この身はすでにオルティウスの妻だ。王妃を殺したことが露見すればバーネット夫人だとて無罪とはいかない。和平だって台無しになる。

「まあ、お優しい。わたくしの心配をしてくれるの？」

　バーネット夫人がにんまりと顔を歪めた。

「大丈夫。あなたは自殺するのだから。きちんと遺書も残したもの。わたくしはあなたを殺した後、さっさとこの城から脱出する。イースウィア様がちゃんとわたくしのために帰還の人員を王都ルクスに用意してくださっているの」

　だから安心して死になさい。そう彼女は続けた。

（いや……まだ、死にたくない……）

　恐怖の中、エデルは生を願った。浮かび上がったのはオルティウスの姿だった。何にも執着したことがないのに、どうして彼の顔を思い出したのだろう。

　エデルは気力をかき集め、バーネット夫人に縋（すが）りつこうと体を起こした。

バーネット夫人はエデルの頬を叩き、勢いよく露台に押し倒した。したたかに体を打ったエデルはその場にうずくまった。

「弱るまで雨に打たれておいで」

冷たい雨は容赦なくエデルの身に降りかかる。ゆっくりと体力が流れていくようだ。手の先がかじかみ歯の音が合わなくなる。呼吸が細くなり、エデルはその場にうずくまることしかできない。瞼が重たく、意識が混濁し始める。このままでは本当に死んでしまう。

一体どれくらいの時間が経過したのだろう。かちゃりと、再び戸が開いた。

バーネット夫人が露台にそっと滑り出てエデルの髪の毛を掴み、顔を持ち上げる。

「そろそろ弱った頃だわね。ああ、いい顔。あとはひと思いに手首をかき切ってあげる」

「い……や……。やめ……」

彼女はエデルの利き腕にペーパーナイフを持たせようとする。自殺に偽装するため、エデルに握ってもらわねば意味がない。

「これでわたくしの長年の罪も帳消しだわ」

本懐を前にバーネット夫人が饒舌になる。

「おまえの母親をイースウィア王妃殿下の侍女に取り立てなければ、あのようなことは起こらなかったのに……。あの女……あの女め」

遠のく意識の中、彼女が自分を憎む理由をエデルは知った。

抵抗しなければと思うのに、体が重く力が出ない。あれを手首の柔らかい場所に突き立てられれば、たくさんの血が流れるだろう。そうしたら自分は死んでしまう。偽物の遺書を読めば、オルティウスはどう思うだろう。エデルが彼を厭うていたと信じてしまうに違いない。嫌だと思うのに、恐怖と痛み、それから雨の冷たさで体が硬直している。

「死ねぇぇ！」

「やめてぇぇぇぇ！」

意識が途切れる前、バーネット夫人の声の後に、若い女性の叫び声が聞こえた気がした。

＊

何か胸騒ぎがする。

視察を終えたオルティウスはイプスニカ城への帰還を急いでいた。

だが、雨脚は激しくなるばかりで途中の道が思った以上にぬかるみ、迂回(うかい)を余儀なくされた。

　翌日の昼過ぎ、城に帰り着くなり衝撃的な報せがもたらされた。

「王妃がバーネット夫人に殺されかけただと⁉」

　聞くや否やオルティウスはウィーディア、いやエデルという名の少女の元へ急いだ。

傍らを並走する侍従長が口を開く。

「寸前のところで侍女が止めに入り無事ですが、現在酷い熱を出しております」

　あの娘がウィーディアの身代わりで、ゼルスの正妃が産んだ王女と同い年の異母妹であることは視察へ向かう日の朝に伝えられていた。彼女の本当の名前はエデル。ガリューがもたらしたその報告はオルティウスとヴィオスを驚かせた。

　通された王妃の間の寝台の中で、エデルは浅い呼吸を繰り返していた。熱のせいで頬は赤く染まっており、瞳は閉じられたまま。彼女はオルティウスに気付くこともない。

　痛々しい姿にオルティウスの胸は痛み、彼女をこんな目に遭わせたバーネット夫人に対する怒りが沸々と湧き起こった。

「詳細を話せ」

　すぐ後ろに従っていた侍従長に命じる。場所を変え、続き間にてヴィオスらと共に報告を聞く。

「バーネット夫人の凶行を発見し、止めに入ったのは妃殿下付きの侍女ユリエです」

　彼は順を追って昨晩の出来事を話し出す。ユリエという侍女は夜半を過ぎたあたりから激しくなった雷鳴に目を覚まし、寝付けなくなった。

雨風が窓に吹き付け、雷の音はとても近い。彼女はしばらく逡巡した後、そっと部屋を抜け出した。もしかしたら王妃が怖がっているかもしれないと考えたからだ。呼ばれてもいないのに王妃の間へ行くことは憚られることくらい重々承知していたが、気になったのだ。

ユリエにとって王妃ウィーディアは優しく、侍女である彼女に対しても気遣ってくれる美しい主人だった。短い間にすっかりほだされて庇護欲を駆られてしまった彼女は雷鳴がとどろく中、王妃の間の近くの部屋のガラス戸が不自然に開いているのを見つけた。

「それでユリエという侍女はバーネット夫人が……王妃を殺そうとしている現場を目撃し、無我夢中で止めたということか」

「その通りでございます陛下。あの女は手にペーパーナイフを持っていました。ウィーディア様は露台の上に放り出され、ずぶ濡れで倒れていたとのことです。止めに入ったユリエに驚き、錯乱した様子で、あの女を殺すのだと執拗に繰り返していたのだとか」

バーネット夫人から凶器を取り上げたユリエはすぐに声を張り上げ、見張りの兵を呼んだ。城は一時騒然となり、バーネット夫人は即座に捕らわれ牢に入れられた。

「ユリエに怪我はなかったのか?」

「少しかすり傷を負いましたが、深手ではありません」

「そうか。丁寧に手当てしてやれ」

ユリエのおかげでエデルは一命を取りとめた。彼女が王妃のために動かなければ、今頃エデルの命はなかっただろう。

「妃殿下の部屋から見つかった遺書でございます。おそらくは、バーネット夫人が自死に見せかけるために用意したものかと」

侍従長が封筒を手渡した。元から封はされておらず、オルティウスは中から白い紙を取り出し、ざっと目を走らせた。

「バーネット夫人がそう吐いたのですか」

ヴィオスが控えめに口を挟んだ。

「ユリエの証言から、あの女が妃殿下を殺そうとしていたことは明白です。駆けつけた時、妃殿下の意識はほぼない状態でした。一方的に蹂躙されていたと、彼女はきっぱりと話しております」

侍従長は続ける。バーネット夫人は寝間着ではなく、簡素な衣服を身に着けていた。そして身体検査の結果、衣服の下から換金目的であろう、装飾品がいくつか発見された。

「逃亡の算段もつけていたということですね」

ヴィオスの言葉に侍従長が首肯した。

「確かにあの女の妃殿下への態度はいささか度を越していました。臣下とは思えない尊大なものでしたが、まさかゼルス王妃の娘を殺そうとするとは」

侍従長が困惑気な声を出したが、オルティウスはすでにその答えを持っている。だが、ここで言うわけにはいかない。ヴィオスも口を引き結んだままだ。

侍従長が下がると、室内はしんと静まり返った。

「エデルが倒れたのは俺のせいだ」

悔恨に満ちた声は、深閑とした部屋によく響いた。バーネット夫人の態度を訝しんでいたのに、エデルから遠ざけるだけでゼルスに送り返すことはしなかった。

「俺があの女を軽く見積もっていた」

「私たちが王妃殿下の素性を知ったのは昨日のことです。早馬からの伝令を急ぎ伝え聞いただけですので、詳細はこれからガリューによってもたらされるでしょう。バーネット夫人は今回の婚姻に際して、正式な使者として公文書にも名を連ねております。そのような女が私怨のため自国の王女を弑そうとするとは、思いますまい」

ヴィオスの冷静な声がオルティウスの高ぶる感情を静めようとする。

バーネット夫人の身分は申し分のないものだった。ゼルスの有力貴族の出で、宮廷では長年王妃イースウィアの筆頭女官を務めていた。そのような女だからこそ、イースウィアは隣国へ嫁ぐ仇の娘の付添人にバーネット夫人を定めた。異国に嫁ぐ娘を心配する母心だと思われていたが、実際は真逆であった。

脳裏に苦しむエデルの顔が焼き付いて離れない。冷たい雨に打たれ体を冷やし高熱を出した少女は、寝台の中でとても小さく見えた。熱は人の体力を一気に奪い、時に死に至らしめる。エデルは細く小さく、医者の言う「彼女の体力次第」という言葉がオルティウスを打ちのめす。

「陛下」

「……分かっている」

ヴィオスが気遣わし気な声を出した。

今、オルティウスにできることなど何もない。全て留守中の出来事だった。首謀者は現在貴人用の牢に繋がれている。

オルティウスは痛む胸を抱え、執務に戻った。

ガリューから正式な報告を受けたのは、その日の夜のことだった。

彼はゼルス宮殿内の様子をまるで本当に見聞きしてきたかのように話した。曰(いわ)く、

「王妃イースウィアはエデル王女、今ここにいるウィーディア様を下女のように扱い憎んでいたようですよ。まあ、たしかに夫から愛妾の産んだ娘を自分の娘と同じように王女として育てろと言われたら、いい気はしないでしょう。もともと相当に気位の高いお

人柄だったようですから」と。

それはゼルス宮廷では暗黙の了解でもあったらしい。娼館通いならまだ許せる。しかし、自身の侍女を見初めたことがイースウィアの逆鱗に触れた。

「ゼルス王は離宮にエデル妃と生みの親を囲っていたようです。幼少時は母君の元でお育ちになりましたが、その母君がある時を境に出奔しました」

ガリューは続ける。愛妾として囲われていた元侍女が姿を消したその年、ゼルスの前王妃、イースウィアの姑に当たる人物が崩御した。宮殿内で権力をものにしたイースウィアが密かに手を回したのではないかという噂がまことしやかに広まった。

前王妃とイースウィアは対立関係にあったらしい。前王妃は気位の高い他国の王女であった嫁と馬が合わず、面と向かって王の愛妾を擁護する言葉を頻繁に発し、エデルの元にも通っていた。

「そういう、嫁と姑の対立などに対する鬱屈が全てエデル様に向かわれたのでしょう。イースウィア王妃が宮殿の奥を掌握してからエデル様への風当たりは相当に強いものになったとか」

己と共に報告を聞いたヴィオスは何と発していいのか迷うのか、始終無言だった。確かに聞いていて胸が悪くなる話だった。

報告を聞き終えたオルティウスはエデルの元へ向かった。

人払いを済ませ、意識のない彼女に手を伸ばす。

「おまえの本当の名前はエデルというのだな……」

彼女の額の上には玉のような汗が浮かんでいる。か細い呼吸を繰り返すエデルの意識は未だに戻らないままだ。

敵国から嫁いできた姫だというのに、彼女は始終オルティウスの心をかき乱した。初夜に脅せば本性を現すと思ったのに、まるでそんな気配もなく従順すぎる態度でオルティウスに抱かれたエデル。

わざと粗暴に振る舞おうと、俺などと称してみたのに嫌悪で眉を顰めることもなかった。

演技かと疑えば、初夜の翌朝顔を真っ赤にして黙り込んだ。意地を張って食事制限をしているのかと思い、無理矢理食事をさせてみたら、小さな声で「美味しい」と「ありがとう」の言葉を紡いだ。

（もっと俺が早く気が付いていれば）

オルティウスはエデルの汗をぬぐってやる。彼女はずっと空腹を抱えていたのだ。食事制限は、バーネット夫人の悪意の象徴。彼女は食べたくないのではなく、食べることができなかった。

エデルの青白い頬が怖くてたまらなかった。彼女がこのまま一度も目を覚ますことなく天上の国へと旅立ってしまったら。嫌な考えが頭の中によぎり、オルティウスは必死になってそれを振り払う。

もう一度、水晶のように澄んだ紫色の瞳を見つめたいと思った。

彼女は静かで、清らかで、美しかった。何を主張するでもなく、オルティウスが隣にいろと言えば、命令に従いそっと寄り添った。

従順な態度に満足すればよいのに、何か物足りない。どうしてそう思うのか、つい最近判明した。

エデルは無なのだ。欲がない。オルティウスに寄り添うのはエデルという器のみなのだ。

「おまえの好きなものや、食べたいもの。きれいだと思うもの。俺はおまえのことが知りたい」

彼女は心の一部をオルティウスに見せてくれた。それらをもっとたくさん見たいと思った。彼女の存在に心が乱される。

触れるとさらりと零(こぼ)れ落ちる細い白銀の髪の毛も、鈴の音のように清らかな声も、こちらを怖がるようにまつげを震わせる仕草も、その全てがオルティウスの胸に焼き付いている。

今度こそ、彼女を守りたい。日中側に張り付くことはできないが、夜の間は近くにいることができる。

オルティウスは寝る間も惜しみエデルの看病を続けた。時折侍女が盥(たらい)の水を取り替えに訪れた。冷たい布で彼女の額をぬぐってやり、水を飲ませてやった。

翌日、執務中のオルティウスの元に、エデルが目覚めたとの報が入った。スープを受け付け、薬湯を飲んだという侍従長の言葉に心から安堵した。

目が覚めてもまだ予断を許す状況ではなかった。夜になると再び熱が上がってきたからだ。オルティウスは彼女の額の上に置かれた布を水に浸けた。

「エデル。早く元気になってくれ」

もう一度声が聞きたい。おまえのことを知りたい。澄んだ紫水晶の瞳の奥で、何を感じているのか。政略で結ばれた二人だが、そのようなことなど関係なかった。気が付くと、エデルから目が離せなくなっていた。

できることなら、彼女の苦しみを代わってやりたいと、そのように感じている。

「ん……」

オルティウスの願いが通じたのかどうか。

エデルがゆっくりと瞳を開いた。紫色の瞳がぼんやりとオルティウスを映している。

焦点が定まらない、不安定な視線だったがオルティウスは歓喜した。

「エデル、気が付いたか？　何か、欲しいものはあるか。食べたいものは？」

気が急いたオルティウスは矢継ぎ早に質問する。

エデルは開いた目でぼんやりと真上を見つめた。

「エデル」

「ユ……ウェン……さま？」

それだけ呟き、彼女は再び眠りの泉へと落ちていった。

＊

その日、起き上がったエデルは侍医のお墨付きをもらい、久しぶりに寝台から出ることを許された。ようやく倦怠感も取れ体が軽くなった。どうやら熱も下がり、すっかり回復したようだ。

ヤニシーク夫人を筆頭に、多くの人に心配をかけてしまった。申し訳ございませんと謝れば逆に謝罪をされた。バーネット夫人の凶行を止めることができなかった責任を彼女は感じていた。エデルはゆっくり頭を振った。彼女の落ち度ではない。

寝台から出て、温かな布で体を拭いてもらうとすっきりした。蜂蜜で甘く味付けしたパン粥に体がじんわりと温かくなった。

暖炉には火が入れられ、部屋の中は夏のように暖かだ。

　夕方近くになり、オルティウスがエデルの元を訪れた。彼は椅子に腰掛けるエデルを見ると、少しだけ口角を持ち上げた。それからすぐに顔を元のように引き締めた。

「まだ本調子ではないのだから、寝台の中にいた方がいい」

「はい。陛下」

　オルティウスに導かれて、エデルは寝台の中に潜り込む。

　彼はエデルが熱に倒れうなされている間、頻繁に見舞いに訪れ、夜の間はずっと看病してくれたのだという。それはエデルが意識を取り戻した後も続いており、彼は心配だからと長椅子で眠る日々だ。まだ夜は冷えるし、硬くて狭い長椅子で彼が疲れを取ることができているのか、エデルとしては恐縮しっぱなしだ。

　オルティウスは手近にあった一人掛けの椅子を寝台の側に置き、腰を落とした。

「あの」

　エデルはおずおずと切り出した。

「なんだ」

「あの……。わたしはもう元気ですので……その……これ以上陛下のお手を煩わすわけには……。陛下も、しっかりとお休みになられてください」

　言外に夜はいなくても結構ですと伝えると、オルティウスは眉を顰めた。

「さすがにまだ一緒に眠るわけにはいかないだろう。……病み上がりのおまえをすぐに抱くとかそういう意味ではない。そこは誤解をするな」

「……はい」

「ただ……おまえのことが心配だ。俺はいつもおまえの側に居てやることができない。そのせいでおまえが殺されかけた」

「いいえ。今回のことは陛下のせいではありません」

全てはゼルス側の事情によるものだ。イースウィアがエデルを憎んでいることは知っていた。たとえゼルスから離れても、彼女の憎悪からは逃げられない。バーネット夫人はそのために送り込まれたのだと思っていた。

だが、エデルもイースウィアの個人的な感情で、政略で嫁いだ自分を殺そうとすることまでは想像していなかった。

そして身代わりとして嫁いだエデルはオルティウスに真実を伝えることができなかった。そうすれば、この婚姻を軽視していると再び諍いの種に発展することを恐れたからだ。どう責任を取っていいのかも分からなかった。

「だが……」

オルティウスの瞳が真っ直ぐにエデルに注がれている。精悍な彼は、一見すると近寄りがたい空気を纏っている。それは上に立つ者としての威厳だ。

けれど、エデルはすでに知っていた。彼のその雰囲気とは逆に、本当は優しく慈悲深い人だということを。

エデルは深々と頭を下げた。

「ご迷惑をおかけして、申し訳ございませんでした」

「それは、何に対しての謝罪だ？」

エデルは言葉に詰まった。バーネット夫人のこと、それから熱を出して寝込んだこと。自分が偽者だったこと。様々なことに対する謝罪だった。

「バーネット夫人は国へ帰した」

短い言葉は独り言だろうか。それともエデルに聞かせるものだろうか。

彼の呟きに、心の底からホッとした。

「おまえがウィーディアの妹だということも知っている。俺の部下が調べてきた。本当は、エデルという名だということも」

「申し訳――」

「謝るな。おまえもゼルスの白い薔薇だろう？」

エデルはふるふると頭を振った。それは姉のみに捧げられるべき言葉だ。ウィーディアは民がそう讃えることを、殊の外自慢気に聞かせた。

「いいえ。わたしはお情けで宮殿に置いていただいていた身です」

「おまえの父親はゼルスの王だ。王の娘なら宮殿で育つのは当たり前のことだ」

「ですが……わたしは……」

エデルはぎゅっと瞳を閉じた。

母は、王妃から王を奪った存在だった。ずっとそう教えられて育った。母は身持ちの悪い女で、その腹から生まれたエデルは罪の証。

「おまえはゼルスの王女だ。今回の婚姻もこのまま継続する」

「っ……でもっ……」

「今ゼルスに使者を遣わしている。婚姻の書類にはウィーディア・エデル・イクスーニ・ゼルスと書かれてあるが……。まあどちらでもよい。おまえとウィーディアは双子ということでゼルス側に承認させる。今更本物のウィーディアと入れ替わられるのも面倒だ。おまえはここにいろ」

「で、でも、わたしは……わたしのせいでオストロムの皆さんにも多大な迷惑を――」

「エデルが本名なのだろう？　ゼルスと交わした書類はこのままだが……ウィーディアだけなくすか、エデルという名をオストロム風に改名をするか……考えておく」

エデルが口を開きかけるとそれを制してオルティウスが言い放った。

二国間の和平のための結婚のはずなのに、オルティウスは怒るどころかエデルをこのまま留めておくという。そんなことをしても彼にメリットがあるはずもない。

「それとも……おまえは、ゼルスに戻りたいか？」

問われたエデルは沈黙した。戻っても、居場所などあるはずもない。けれど、この国に留まったところで、利をもたらす確約もできない。

エデルは何も持っていないのだ。ゼルスの王妃から疎まれ殺されそうになっただけの、ちっぽけな存在。

「わたしは……」

「ユウェンというのは……おまえにとってどんな存在の男だ？」

何を言うべきか分からないまま話し始めたところで、オルティウスが全く違う質問をしてきた。

「え……？」

エデルは目をぱちくりとさせた。

どうして今ここでユウェンの名前が出るのだろう。意図を探ろうとオルティウスを見つめると、彼は少しだけきまり悪そうに視線をずらした。

「熱にうなされていた時に……おまえが口にしていた」

「わたしが、ですか？」

エデルは自分の口元に手をやる。どうして彼の名前を出したのだろう。

冷たい雨でびしょ濡れになったせいか、高熱を出した。混濁と覚醒を繰り返していた最中の記憶は曖昧だった。その中で、一度夢にユウェンらしき人物が出てきたことがあった。

欲しいものや食べたいものを聞かれたのだった。そういうことを尋ねてくるのはきまってユウェンだった。彼はエデルに同情していた。その身の上を可哀そうだと言い、何かと手助けをしてくれていた。

「ユウェン様は国にいた時、わたしに優しくしてくださいました。同情を、していらしたのだと思います。わたしは……その……」

この先を言うのは躊躇われた。ずっといじめられていたなどと自分から告白したくはない。自分はちっぽけな存在で、こうして大事にされる資格もない人間だと口にするのはとても恥ずかしくて勇気のいることだった。

「おまえはユウェンをどう思っていたんだ？」

「この方が実の兄であればよいのに……と。申し訳ございません」

「どうして謝る？」

「わたしは恵まれているのです。父は国王で、わたしは王女として何不自由なく育てられました。教師たちは皆言いました。わたしは恵まれていると。半分しか王家の血が入っていないにもかかわらず、わたしは宮殿で大事に育てていただきました。それなのに……ユウェン様がお優しいから彼が実の兄であれば、などと。そのように思うこと自体、いけないことなのです」

王と愛妾の間に生まれた子供でありながら、エデルは宮殿の奥できちんと育てられた。修道院に送られることもなく、王女としての立場を得られている身の上に感謝をするよう、教師たちは何かにつけて繰り返し説いた。

それは一種の刷り込みであり、イースウィアに対する教師たちのおべっかでもあった。彼らは王妃の勘気をこうむることを恐れていた。

「兄か……」

「はい。何度もお菓子をくださいました。わたしが、その……ひもじい思いをしないように、と」

常にお腹を空かせていたエデルを見かねたのだろう、ユウェンは人目を忍んで食べ物を分け与えてくれた。日持ちのする菓子や干した果実などだった。

ぽろぽろと、雫が頬を伝っていた。最初、それが涙だとエデルは気が付かなかった。

(わたし……どうして……？　こんなもの、とっくに涸れたとばかり思っていたのに)

一体どうしたというのだろう。自分でも分からない。

呆然としていると、オルティウスがゆっくり手を伸ばし、目じりに溜まる涙をぬぐった。

「泣くな。おまえを泣かせたいわけではない」

「っ……申し訳ございません。このたびは陛下に大変な迷惑をおかけしました。わたしが結婚相手では……この先ゼルスとの友好関係は望めないかもしれません」

だから今からでも遅くはない。こうなってしまった以上、本来の花嫁であるウィーディアを呼び寄せるべきだ。帰る場所のないエデルは修道院に身を寄せるのが順当だろう。

（もう、陛下には会えない……）

黒狼王と渾名される若き王。野蛮で礼儀知らずの大男だと脅されて、びくびくしながら輿入れした。

初夜で脅されたのに、彼の瞳の中にはゼルスの王女に対する敵意だとか憎しみなどがまるで宿っていなかった。敵国の娘を警戒していたはずなのに、彼はエデルに食事を与えてくれた。彼の印象はエデルの中で日々変化している。

病身のエデルを心配し看病してくれたオルティウス。

ウィーディアに名前を返し、本来あるべき姿に戻るのならば、彼との縁もここまでになる。それを思うと、自分でも制御できない何かが喉の奥からせり上がる。

「さっきも言っただろう。この婚姻は継続だ。おまえが俺の妻だ」

「けれどもわたしは……わたしは……本来ならば存在してはいけない子供なのです」

自分は王の裏切りの証。物心ついた頃から、ずっと宮殿でエデルは一人ぼっちだった。たくさん否定され続けてきた。

「おまえは何も悪くない。おまえはただこの世に生まれただけだ」

温かいものがエデルを覆った。

オルティウスがエデルを腕の中に閉じ込めていた。

「エデルは何も悪くない」

彼は強い口調で言い切った。二度目は小さな子供に言い聞かせるような優しい声音だった。

再び頬を涙が伝った。あれはいくつの頃だろう。幼いエデルの元からある日突然、母がいなくなった。その後連れて行かれた宮殿で待っていたのは、父の正妻だという王妃とその子供たち。彼らはエデルを虐げ、母のことを中傷した。

「おまえに罪などあるはずもないだろう。人は生まれてくる場所を選ぶことはできない。俺はオストロムの王が父親だった。おまえは母君のことが嫌いだったのか?」

「いいえ。そんなことありません」

顔もおぼろげだが、優しかったことだけは覚えている。たくさん甘やかしてくれた。ぎゅっと抱きしめてくれた。

そう、今のオルティウスのように。大きな手がエデルの頭を撫でていく。優しいその仕草に、何かが決壊していくようだった。

「おまえがゼルス王の元に生まれたから、俺たちは出会えた」

優しい声が耳朶をくすぐる。まるで、エデルの心に触れようとするかのような、純真な言葉。

「エデル。……俺の側に居ろ」

「でも……」

「王の命令だ」

命令にしては、それは優しすぎた。思わず彼を見やると、薄青の瞳の中に自分が映っている。近しい距離はまるで口付けを連想させて、顔がみるみるうちに赤く染まってしまう。

オルティウスは黙ったままエデルの言葉を待っている。

本当にここに居てもいいのだろうか。何の役にも立たない王妃など邪魔なだけであるはずなのに、彼はエデルに居場所を与えてくれるのだという。

再び涙が盛り上がると、彼が指でそれを掬(すく)った。自分の存在意義に自信などまるでないのに、背中に回された腕の力強さと温かさを離したくないと心が訴える。

それでも、自分の気持ちを口にするのには勇気がいった。

オルティウスは辛抱強くエデルを見つめたまま。自分の望みを言うことがこんなにも勇気のいることだなんて、このとき初めて知った。

「……はい、陛下」

唇が震えた。自分はなんて大それた願いを持ってしまったのだろう。

けれども、返事をした瞬間に、オルティウスがふわりと口の端を持ち上げるから、この答えが正解だったのだと胸の中に落ちてきた。

誰かに許され必要だと言ってもらいたかったのだとエデルは初めて気が付いた。

閑話

オルティウスは側近を連れて王城の裏にある牢へ向かった。

冷たい石造りの堅牢なるそこには現在、一人の囚人が収監されている。牢番は王の姿を見るなり立ち上がり敬礼した。

「様子はどうだ？」

囚人部屋の前で足を止め牢番に問うと、彼は一瞬言葉に詰まり「変わりはございません」と答えた。

収監されているのはバーネット夫人である。ゼルスでは貴人だろうが、この国の王妃を手に掛けようとすれば、重罪人として処遇するまでのこと。さっさと首を刎ねてやりたいが、即断即決はできなかった。身分とは厄介なものである。

オルティウスは牢の中へ入った。

「バーネット夫人、気分はどうだ？」

貴人用の牢は一般のそれよりも恵まれているが、窓には鉄格子がはめられ、部屋の設備は必要最低限の簡素なつくりで食事も少ない。彼女の顔からは幾分つやが削がれ、血色もよくない。

当たり前だ。オルティウスは罪人の食事に手を入れた。エデルへの仕打ちを踏襲しろと、厳命を下したのだ。彼女の日々の食事は薄い麦粥か具のないスープにパンのみという質素なものばかり。

扉の向こうから現れたのがオルティウスだと気が付いたバーネット夫人は椅子から立ち上がり形式的な礼をした。

「ご機嫌麗しゅう国王陛下。ようやくわたくしの言葉に耳を傾けてくださる気になられましたのね」

「一体どんな言葉を伝えたいというのだ？」

「分かり切ったことを。わたくしを早くこの部屋から出してくださいまし」

「私の王妃を殺そうとしておいて、ここから出せとは。ずいぶんと偉そうな態度だな」

オルティウスが怒りを押し殺した低い声を出すとバーネット夫人はけたけたと笑い始めた。

女の甲高い声が部屋の中に響く。嫌な音にオルティウスは眉を顰めた。

「ああおかしいっ！　王妃？　あの女が？　あの女が王妃！　あはははは。あの、汚らわしい女が！」

「私の王妃を愚弄するのか」

「私のですって？　さすがはあの女の娘だわ。すっかりオストロムの王を誑し込んで。

さすがは下賤の女の娘！　親子二代にわたって王を誑かすなんて。ああ、なんて淫らで汚らわしい！」

笑い声から一転、今度は忌々しそうに、地を這う蛇のような声で彼女はエデルを貶めていく。その瞳にははっきりと憎悪が浮かび上がっている。狂気を湛えた深い怨嗟のそれは、ここではなく、別のどこかを見つめているようでもあった。

「エデルは私の妻だ。貶めることは許さない」

「あの娘のせいでわたくしはとんだ恥をかいたわ。イースウィア王妃殿下はどれだけ屈辱を与えられたか……」

「エデルを殺そうとしたのは、誰の命令によるものだ？」

取り調べに対してバーネット夫人は己の独断だという証言を貫いている。しかし、エデルを殺した後の逃亡手段などを鑑みると、協力者がいたことは明らかだ。女一人で隣国まで安全に旅ができるほど世間は甘くない。ましてや、彼女は生粋の貴族の生まれだ。人を使うことに慣れた女が街の人間と同じように乗合馬車などに乗って旅することなどできるはずもない。

「わたくしの意思ですわ、陛下。あの女の罪を娘の命で贖わせることは至極当然のこと」

身勝手な理屈に激高しそうになるが、理性を集めなんとか平静を装う。

「本当に口惜しい。ゼルスの国王陛下があの娘を生かしておくよう命じなければ、もっと早く決着がついていたのに。王妃殿下のお心だってもっと安らかになっていたものを」

裏でイースウィアが糸を引いているのは確実だろう。しかし、証拠がない。

バーネット夫人の語るゼルス王の言葉は、ガリューがもたらした報告と大差なかった。ゼルス王はエデルを王女として育てるよう厳命を下した。その言葉が彼女を守っていた。

（エデルがゼルスから出た今が好機だと、そう思ったか）

オストロムの王を前にしても彼女の主張は一貫していた。彼女の中にエデルへの殺意があることもまた事実なのだ。

「おまえはオストロムの王妃を殺そうとした。相応の罪で贖ってもらう」

「まさか。わたくしはイースウィア王妃殿下の筆頭女官。わたくしをここで殺せば、妃殿下が黙ってはいませんわ」

バーネット夫人は一転、強気に微笑んだ。彼女の生家はゼルスの国政にも携わる有力貴族で彼女の嫁ぎ先も大きな家だ。その身分が盾になることを十分に理解している上での発言である。

二国間の婚姻の公文書に名を連ねているバーネット夫人を独断で処刑すればゼルスに因縁をつけられる恐れもある。

オルティウスは深く息を吸い込み、話題を変えることにした。

「私の王妃が輿入れの際に持参した宝飾品をかすめ取ろうとしたのはどういう理屈だ?」

「あれらは全て、本来であればウィーディア王女殿下のために準備されるべきものでしたわ。それをあの娘が横取りをしたのだから、返してもらうのは当然のこと。あのような卑しい娘には相応しくありませんわ」

「厚かましい言い分だな。これはオストロムとゼルスの二国間の婚姻だ」

「さすがは女狐の娘だこと。貧相な体のくせに、もう王を籠絡するとは」

「貴殿は己の立場をまだ分かっていないようだな」

オルティウスは目の前の女の首へ腕を伸ばし、力を込めた。このまま力を加え続ければ、この女は窒息死をする。

怒りに任せてじっくり力を入れていくと、バーネット夫人が苦悶の表情を浮かべ始めた。

「くっ……う……」

この女は胸糞の悪い理屈を振りかざし、長年不当にエデルを虐げてきた。その上その命を奪おうとした。このまま殺してしまってもいいのではないか。

一人の男としての感情が体を支配していく。しかし、かろうじて残っていた理性がそれを押し留めた。

　オルティウスが手を離すと、バーネット夫人はその場に崩れ落ち、荒い呼吸を何度も繰り返した。

「二度目はない。金輪際エデルを貶めるような言葉は口にするな」

　オルティウスはそう言い捨てて踵を返した。

　牢を出たオルティウスは執務室へ戻り、ガリューを呼びつけた。

「今すぐにあの女を処刑してもいいか？」

　やってきたガリューに何の前置きもなしに言うと、彼は苦笑いを顔に浮かべた。

「さすがに処刑しましたの一文を送るのではまずいですよ、陛下」

「ちっ」

「オストロムの王妃を軽んじたのですから殺してやりたいですけれどね。一方的に処刑して首だけ送れば諍いの種を与えることにもなります。また戦争になってもいいんですか」

「よくはない。だからまだ生かしている」

　ゼルスとの先の戦で勝利を治めることができたのは、あれがゼルス王太子アンゼルムが派兵したものであって、その後王が援軍を許可しなかったからだ。同時期にヴェシュエと戦っていたオストロムは迎え撃つにあたって用意できる人員にも限りがあった。

オルティウスが少ない軍勢でゼルス軍を蹴散らかすことができたのは運が良かったのだ。

両国の力関係は拮抗している。今回はたまたまオストロムが勝利したが、戦争が続いた現状、余計な諍いを生むのは得策ではない。

「だが、なんの咎もなくあの女をゼルスに送り返すわけにはいかない。エデルには、彼女は国へ帰したと言ったが、そう簡単に無罪放免にしてたまるか」

「分かっていますよ。オストロムとしても、ゼルスに舐められっぱなしでは腹立たしいですからね。追加の書簡にはバーネット夫人の犯した罪についてもしたためてあります。王妃の殺人未遂に加えて、間諜罪と窃盗罪も入れてあります。実際、限りなく黒に近いですからね」

「最初の書簡に対する返事は来たのか？」

「もうまもなく到着するでしょう。隠されていた王女エデルを正式にオストロム王の妻とすると宣言しましたが、まああちらにしてみれば、どうぞご勝手にというくらいでしょうがね」

「エデルの心が軽くなればそれでいい」

どちらの王女であろうが、二国間の政略結婚はすでに成立をしている。オルティウスはエデルに名前を返してやりたかっただけだ。実際、どちらもゼルス王の血を引いているのだ。

「ゼルス側も多少は気まずいでしょうね。エデル様で構わないと、こちらが鷹揚(おうよう)に示せばあちらへの貸しともなりますし」

とはいえ、今回のことを知るのは王とごく限られた一部の人間のみである。今後はオストロム内で正式に手続きを済ませ、彼女の名からウィーディアという名を削除する。

エデルを思い浮かべれば憤っていた心が少しだけ落ち着いた。彼女は、己が考えた新しい名を気に入ってくれるだろうか。

第二章

一

熱が下がった後もエデルは養生を続けていた。それというのも、オルティウスが過剰なまでにエデルの体を心配しているからだ。

それに加えて、最近彼女は困惑している。

その理由というのが。

「エデル、これは南方から取り寄せた菓子だ。食べてみろ」

オルティウスが暇を見つけてはせっせとお菓子を運んでくるようになったからだ。

今だってそうだ。少し時間ができたと言い、彼は自分の元へやって来た。ちょうど午後のお茶の時間で、彼が持参した菓子がテーブルの上に並んでいる。

彼が手に持つビスケットの上には蜂蜜漬けの干し果実が乗っている。それをエデルの口元へ運んでくるのだ。まるで餌をやる母鳥のように。

と、そこまで考えたエデルは慌ててそれを打ち消した。一国の王に対していささか不敬な考えだと思ったからだ。

（ええと……このまま口を開けて食べさせてもらうの？　お行儀が悪いような……？）

エデルが固まっていると、オルティウスの顔が少しだけ曇る。

「好きではないか？」

「え、いいえ。いただきます」

エデルは慌てて小さな口を開いた。蜂蜜に浸かったことで少し柔らかくなった干し果実は甘さの中にほんの少しだけ酸味があった。

「こっちも食べるか？」

オルティウスが差し出したのは、ふわふわしたスポンジケーキに甘酸っぱいジャムを挟んだもの。表面には白い粉砂糖が振りかけられている。

再び食べさせてもらい咀嚼していると、オルティウスと視線がかち合った。その途端、彼が口元をほころばせた。

同時に、エデルはごくんと口の中のものを呑み込んだ。慌てたせいで、少し苦しくなった。

「大丈夫か？　ほら、これを飲め」

オルティウスがカップを手渡した。少し冷めていたおかげで、やけどすることなく飲み干し、エデルは、ふう、と息を吐いた。

「慌てすぎだ」

「……すみません」

エデルは縮こまった。最近オルティウスはエデルの前で砕けた顔をするようになった。それを目撃すると、慌ててしまうのだ。

「お代わりを淹れてやる」

「あ、はい。……ありがとうございます」

王にそのようなことをさせるなんて。この茶会の初日こそ顔を青くしたのだが、これが数回も続くと、素直に受け取るようになってしまった。

「あの……陛下もいかがですか？」

「これは全ておまえのために用意をしたものだ」

一人で食べるのは何となく心苦しいのだが、彼はいつも同じことを言う。

その後も彼はせっせとエデルの口元に菓子を運び、美味しいと言うと「そうか」と言って目を細める。

その柔らかな瞳に、エデルの目は釘付け（くぎづ）けになり、この表情を眺めていたいと思うのもいつものこと。

こんなにも安らかな日々が続くのはいつ以来のことだろう。平穏を授けてくれたオルティウスには感謝しかなく、だからエデルはずっと考えていたことを口にしようと決めた。

「あ、あの。……わたしは王妃としてここにいるのですよね？」

「そうだな」

エデルが熱に倒れ養生している間に様々なことが済んでいた。

そのうちの一つが名前だ。いつの間にやらオストロムはゼルスと交渉を終えていた。エデルとウィーディアは双子の姉妹ということになったらしい。婚姻の際にどちらとも取れるよう改名したのだが、それがさらに変わり今後はエデルツィーアという名になると告知された。

オストロムに嫁いだのだから、この国に合った名前に変えるよう国王が命じた、という建前である。彼は笑いながら「エデルのままで構わないという俺の気持ちだ」と言った。それを聞いた時、胸の奥がとても熱くなった。

自分のために骨を折ってくれた彼に何か返したい。だって、心の奥から何かが生まれて、溢れてくるのだ。

「お菓子を食べさせてもらうのではなく……わたしも、その……王妃としての仕事を、したいのです」

「養生することも大事だが……。そうだな。そろそろオストロムの歴史やら慣習やら学んだ方がいいとヴィオスも言っていたな」

オルティウスが思案気な声を出す。

「はい。こちらの国では、国民はまだ大陸公用語ではなく、オストロム語を話すのだと聞いております。……ですから、あの、わたしも習いたいです」

西側諸国で広く使われる大陸公用語と呼ばれる言葉とは別に、オストロムの国民の多くは独自の言葉を話す。一定以上の身分になると教養として公用語を習うため、王城で生活する分には困らない。

しかし、エデルはオストロムの王妃なのだ。国民の多くが話すオストロム語を習いたい。この国に来たばかりの頃、一度教師を手配したと言われたのだが、バーネット夫人が断ってしまった。「この国に王女殿下が染まることはありませんわ」と彼女がきっぱり言った時、文官が苦い顔を浮かべていたことをエデルは覚えている。

「それと……こちらの淑女の方々は乗馬や弓矢も嗜むと伺っております。一度お茶の席に呼ばれた時に……その……」

前王の妃、エデルにとっては義理の母になる女性も出席する場で、バーネット夫人は無礼極まりない言動を取った。オストロムの習慣をあげつらい、こき下ろしたのだ。エデルは止めることができなかった。

「バーネット夫人が要らぬことを言ったことは聞いている。あれはおまえを貶めるために吐いた言葉だろう。気にすることはない」

「ですが、こちらの皆様が気を悪くしたのはわたしの責任でもあります。ですから、その……わたしもこれからはこちらの婦人方に倣って乗馬や弓矢を練習したいです」

こんな風に何かをしたいと思ったのは初めてのことだった。ゼルスにいた頃では考えられないことだった。

エデルはオルティウスの優しさに、その恩に報いたいのだ。居場所を与えてくれた彼のために努力したい。何でもいいから役に立ちたい。

「おまえは馬に触れたことはあるのか？」

「いいえ」

オルティウスは眉根を寄せた。

不機嫌にも見えるその表情に心がしぼんでいく。彼の機微を読むのはまだ難しい。

「オストロムの女全員が乗馬と弓矢を嗜むわけでもない。おまえはまず食事量を増やすところから始めろ。今のままだと馬から振り落とされそうだ」

言外に才能がなさそうだからという意味にも取れてしまい肩を落とした。それに気が付いたオルティウスが再度口を開く。

「趣味が欲しいなら室内でできることにしたらどうだ？　……そうだな、楽器はどうだ。ライアーハープなら座って弾けるだろう」

「はい。お気遣いありがとうございます」

「教師を手配するよう言っておく」

エデルの希望とは少し違ったが、今まで趣味らしいものもなかったため、これはこれでよかったのかもしれない。お礼を言うと、彼が目を細めた。

「ああ、それから」

まだ何かあるらしい。エデルは小さく首をかしげる。

「おまえ専属の騎士を付けようと思う」

「騎士……？」

「この間のようなことが起こらないように。あれは俺の認識の甘さが原因だった」

オルティウスはバーネット夫人の凶行に対して責任を感じているようだった。

「でも、あれは――」

「もう決めたことだ」

あなたのせいではない、そう続けようとする言葉の上からオルティウスが簡潔に答えた。柔らかすぎるその声に、エデルはそれ以上何も言えなくなってしまった。

＊

エデル付きの騎士はパティエンス女騎士団から選ばれた。

女騎士はオストロムでは実は珍しくもない。騎馬民族の流れを汲むこの国では、昔から女も有事の際、家族を守るために剣を取り、馬にまたがり戦ってきた。

また、遊牧時代から弓を射る文化も継承されている。

各地の騎士団に所属する女騎士の中でもパティエンス女騎士団は別格の存在である。入隊条件はただ一つ、素質があること。生まれではなく身体能力と適性で決まるため、武に対して向上心と才能を持つ女がその腕一本でのし上がることができる最高峰だ。

「まさか陛下が御自ら剣を取られ騎士たちの力量を測るとは思いもよりませんでしたよ」

王の斜め後ろから苦言を呈するのは近衛騎士団の隊長である。

彼は先ほどオルティウス自らパティエンス女騎士団の演習場に赴き剣を取り、王妃付き騎士候補者らの力量を測ったことがお気に召さないらしい。

「妻の騎士を選ぶのだから、夫である私がその力量を測るのは当然だろう？」

「……しかし、ですねぇ」

こういう時のために近衛騎士がいるのでは、という彼の心情が窺い知れるような声音である。

だが、オルティウスとて譲れなかった。何しろエデルがバーネット夫人に殺されかけたのは己の落ち度でもあったからだ。彼女に専用の騎士を付けていれば防げたかもしれないのだ。

「おまえの言い分も分かるが、彼女たちにもいい刺激になっただろう」

「ええ。そうでしょうとも。突然に王と模擬戦を行うことになって、目を白黒させていましたよ」

「それでも、あれらはよくやった。さすがはパティエンス女騎士団だ。私としても彼女らの実力を知れてよい機会だった」

オルティウスは近衛騎士や国王直属の騎士団と剣を合わせることはあるが、パティエンス女騎士団を相手にするのはあれが初めてだった。

パティエンス女騎士団は王家やそれに近しい血筋の女たちの警護、または他国へ駐在する大使一家へ付き従うことが主な活動範囲だ。もちろん有事の際は王城の守り手の一員として武器を取り戦う。

かの騎士団に所属しているのは現在三十名ほど。あらかじめ団長には話を通してあり、オルティウスは彼女が選抜した腕利きの女騎士らと模擬戦を行ったのだった。

手合わせ後、通常の執務に戻り夕刻が近付いてきた。

その短い間にヴィオスと近衛騎士らがエデル付きの騎士候補を選抜していた。八名に絞られた彼女たちの経歴をヴィオスが抑揚のない声で読み上げていく。

「エデル様と騎士の相性もありますから、一度顔合わせのようなものをしてはいかがでしょうか」

「顔合わせか」

オルティウスと同い年で昔からの馴染みでもある彼は、思慮深く常に全体的に物事を把握している。

「エデル様は大人しい気質でいらっしゃいます。突然に騎士を何人もあてがわれては困惑するだけでしょう。まずは茶会やら何かの集まりを開き、そこで各個人との相性を測ってみてはどうかと思います」

ヴィオスの言葉は一理あった。

エデルはこれまでの生活環境のせいか、人に対してどこか臆病だ。己を世話する女官や侍女に対しても遜る癖が抜けない。

ヴィオスの言はもっともだと思うのだが、オルティウスとしては少し面白くない。妻のことを分かっているのは己だけでいいなどと狭量な思いが浮かび上がったからだ。

「そうだな。では侍従長とヤニシーク夫人を呼べ」

王と王妃の生活は侍従長と女官長が管理している。彼らに話を通しておけば、女騎士たちとエデルの顔見せの場を早急に整えるだろう。

さっそく二人は翌日にエデルと女騎士たちの茶会を開いた。報告によると、初顔合わせは滞りなく済んだとのこと。エデルは最初こそ表情が硬かったが、中頃からは笑顔を見せながら女騎士たち全員と会話した。

ゼルスにはない女騎士という身分に対して、エデルがどのような反応をするのか読めなかったが、彼女はオストロムに慣れようと歩み寄る姿勢を見せている。心根の優しい素直な娘だ。

女騎士たちもエデルに好感を持ったようだとヤニシーク夫人から静かな口調で告げられ、オルティウスはひとまず安堵した。

＊

その日の夕食後、エデルはオルティウスから珍しい果物を与えられていた。彼自ら器用にナイフを操り、南国由来のそれを切り分けていく。分厚く硬い皮の下に隠されているのは薄い黄緑色の果肉だ。

「おまえ専用の騎士が決まってよかった」

オルティウスが一口大に切ったフィーキと呼ばれる果実をエデルの口元へ運ぶ。彼からものを食べさせてもらうことにすっかり慣れてしまったエデルである。小さく口を開くと、中に甘い果汁が広がり、目を細めた。

「おいしいか？」

エデルは口を動かしながらこくりと頷いた。

いつの間にかこのひと時が日常になっていた。二人きりの室内でオルティウスの隣に座ると、彼は食後酒を口にしながら今日あった出来事などを語って聞かせてくれる。

「わたしなどに、優秀な騎士の皆さんの時間を割いていただいて……大丈夫なのでしょうか」

「優秀な騎士だからおまえの護衛に選ばれた」

ヤニシーク夫人から教えてもらったのだが、パティエンス女騎士団はオストロムの女騎士たちの中でも、特に精鋭ぞろいの一団とのこと。入団するには十から十二歳の間に入隊試験に合格すること。その後、集団生活で武芸、勉学、マナーに至るまで厳しく仕込まれ、脱落者も多いとのこと。

彼女たちが纏う深紅の騎士服は機能的でありながら、どこか優美だ。丈の長い上着は途中から切れ目が入り、その下には白い下衣と長靴。その姿は男の騎士とは違い、凜々しさと美しさを併せ持つ。

エデルは自分がそこまで守られる価値のある人間だとは到底思えず困惑する。

「おまえは自己評価が低すぎる。エデル、おまえは俺の妻だ。オストロムの王妃だ。分かっているのか？」

「はい」

オルティウスに念を押されれば、是と答えるしかない。確かに肩書だけでいえばエデルは王の妻なのだから。

「おまえの護衛騎士は俺が剣を合わせてその実力を測った優秀な者たちだ。おまえに仕えることを皆誇りに思っている。だから騎士たちの前でそのように自分を卑下するな」

オルティウスの声はとても真剣なものだった。真摯な眼差しにエデルは口を閉ざす。自分に、様々なことが欠けていることは理解している。長年存在を否定されて育ってきたのだ。自己肯定することに躊躇いを覚えてしまう。

「申し訳ございません」

「おまえはすぐに謝る。まずは、その癖を直すところからだな」

「申し訳――」

「ほら、まただ」

オルティウスの指先がエデルの唇に触れた。彼は怒ってはいなかった。声で分かる。彼の手が唇から離れ、頬へと滑っていく。優しい手のひらの感触にエデルの肩がびくりとした。

「エデル」

「はい」

「俺にはおまえが必要だ」

「陛下のご期待に沿えるよう……頑張ります」

王妃として求められているのなら努力するしかない。大真面目に答えると、オルティウスは少しの間押し黙り、その後短く息を吐いた。

どうしたのだろうと訝しむが、オルティウスは何も言わずにエデルの口元にたった今切ったフィーキのかけらを持ってくる。先ほどと同じように小さく口を開くと、彼は再び満足そうに目じりを緩めた。とくん、と胸が高鳴った。

「まずはオパーラ・クベルカ。それからクレシダ――」

オルティウスが告げた騎士の名をエデルは頭に刻み込む。全部で五人だ。

「おまえとの相性を鑑みて選ばれたのだから親しみやすいだろう」

毎日五人の騎士たちに囲まれるのではなく、交代制だそうだ。公務により増減があるとのこと。

「ありがとうございます」

たくさんのことを考えてくれる彼に、胸の中がじわじわと熱を持っていく。

「いや。これを言い出したのはヴィオスだ。俺は少し悔しかった」

オルティウスは素直に側近の手柄を披露した。代々宰相を輩出している名門レイニーク家の出だと聞いている。

「ヴィオス様にもお礼をお伝えください」

「ああ」

「それに、陛下はわたしのために騎士たちの実力を測ってくださったのでしょう。お忙しい中、時間を割いてくださってありがとうございました」

「いや。そのくらい夫として当然のことだ」

優しい言葉をかけられるとエデルの胸が再びとくんと大きく跳ねた。

最近このようなことばかり起きる。オルティウスの一挙手一投足に過剰に心が反応してしまう。

団欒のひと時のあと、彼は夜着に着替えたエデルを寝所へ迎え入れた。彼の手が、隣に寝並ぶエデルの白銀の髪をゆっくり梳いていく。

「おまえの髪は触れていて飽きないな」

さらさら、と絹糸のように細い銀糸がオルティウスの指の隙間からこぼれていく。

エデルはこの時間が嫌いではなく、むしろ心地よいとさえ感じていて、ゆっくり目を閉じる。暗闇の中でふと思う。

（陛下は……どうしてわたしに伽を求めないのかしら？）

オルティウスに必要だと言われるのに、今日も彼はエデルに手を出そうとしない。熱を出して以降ずっと、だ。

疑問がちらつくのに、彼に真意を問えないでいる。まるで自らあの行為を求めているようで躊躇ってしまうからだ。

「そろそろ眠れ」

オルティウスの片方の腕がエデルの背中に回される。触れた箇所がじんわりと温かくなる。大きくて硬く引き締まった体は自分とはまるで違うのに、不思議と安堵する。一体、いつの頃からそのように感じるようになったのだろう。

今日も彼はエデルを抱きしめるだけ。

「あ、あの……？」

「どうした？」

「……いえ。なんでもありません」

体の交わりはもう必要ないのだろうか。どうして一向に触れてこないのか。聞きたいことはいくつか思い浮かぶのに、口から出ることはなかった。心にすきま風が吹き込んでくる気分になるのはどうしてだろう。それでも尋ねる勇気が出ない。

「おやすみなさい、陛下」

ほんの少しだけ勇気を振り絞って、夫の胸に頰を摺り寄せた。すると、背中に回された腕に力が込められたような気がした。嬉しく思いながらエデルは夢の中へ旅立った。

「妃殿下、今日は陛下が騎馬訓練に参加をされますよ。遠目からですが、見学されてはいかがでしょうか。オストロムの男たちの騎乗姿はそれは凜々しく美しいのです」

「騎馬訓練ですか？」

本格的に王妃としての生活が始まったとある日、ヤニシーク夫人の提案にエデルは少しだけ首を傾けた。

「はい。陛下の凜々しいお姿を拝見することができるかと」

エデルは王城内の散歩を日課にしている。大抵はいくつかある庭園をのんびり歩くだけなのだが、ちょうど散歩の時間が騎馬訓練と重なるらしい。

「それは是非、拝見したいです」

女官長先導の元、エデルは王城の外郭付近に設けられている演習場を見渡せる場所へ到着した。

広い王城内はまだエデルの知らない場所も多い。最近はオストロムの歴史や風習を学ぶための授業に、夏の初めに開かれる王宮舞踏会に向けたダンスの練習やドレスの衣装合わせと日々忙しく過ごしている。

「皆さんもあのような訓練をされるのですか？」

到着した場所からは騎馬訓練の様子がよく見えた。揃(そろ)いの騎士服に身を包んだ男たちが姿勢よく馬にまたがり、寸分の狂いもなく進むさまは圧巻だった。

「はい。もちろんでございます」

栗色の髪を男のように短く切りそろえた専属騎士オパーラが答えた。

「それは、きっと素敵なのでしょうね」

エデルの本心からの言葉に、女騎士たちは皆表情を明るくし、心持ち胸を張る。

隊列訓練の後は模擬戦が行われるのだと、別の騎士が口添える。

「妃殿下、これから陛下が進み出られます」

騎馬隊が後方へ下がる。広場に残ったのは、二人の騎士だけだ。防具を身に着け手には長い槍を持っている。

少し離れた場所ではあるが、馬上の男を見間違うはずもない。黒い騎士服と甲冑を身に着けた彼は、オルティウスだ。金糸で縁取りされたマントが馬上ではためいている。

「まさか……あの槍を使って戦うのですか？」

「もちろんです。戦では、陛下御自ら前線に立たれることもございます」

「あの、怪我などは」

「今日は訓練ですので、刃は潰してございます。我らが黒狼王はそこらの騎士相手に負けるようなお方ではございません」

オパーラの誇らしげな声も、エデルの耳をほぼ素通りした。

何せ生まれて初めて戦闘訓練を目にするのだ。もしもあの槍がオルティウスを貫いたら。そう考えるだけで顔から血の気が引いていった。

開始の合図がなされ、双方の馬が走り出す。互いに距離を測り、出方を窺う。

エデルは呼吸をするのも忘れ、祈りながら見守った。

先に動いたのはオルティウスだった。馬を操りながら、長槍を相手に突き出していく。

もちろん相手も怯んではいなかった。

「今日のお相手は近衛騎士の中でも、特に槍芸に秀でた者でございます」

二人の男たちの気迫が離れたこちらにも伝わってくるようだった。槍を打ち合うその力量は互角にも思えた。

馬とオルティウスが一体になったかのような動きに目が奪われる。時間を追うごとに、オルティウスが相手を攻め立てるのがエデルにも分かった。

相手に反撃する隙を与えず、正確に次の手を繰り出していく。まさに圧巻そのもの。

何撃目かの攻撃で、オルティウスが相手の槍を弾(はじ)き飛(と)ばした。

「陛下の勝ちでございます」

オパーラの声にエデルはこくこくと頷いた。

まだ彼の勇姿が目に焼き付いている。真っ直ぐに敵を見据え、的確に攻撃を繰り出していく姿。それはまるで軍神のようでもあった。黒狼王と誇らしげに呼ぶ騎士たち。

「陛下はとても凛々しく、お強いのですね」

エデルは無意識に呟いた。

「もちろんでございます。我らが黒狼王は無敵にございます」

「本当にとても素敵でした」

オパーラの確固たる声にエデルは紅潮しながら同意した。ゼルスでは嘲笑の意味で使われる黒狼王という渾名だが、ここオストロムでは正反対の意味を持っていることを、エデルは初めて知った。

(陛下はたくさんの人たちに慕われているのだわ)

皆、誇らしげにオルティウスを黒狼王と称する。エデルは彼を見つめ続けた。

オルティウスは再び別の騎士と対峙し、槍を打ち交わしている。そして次々と相手を負かしていった。

神々しく、勇敢な騎士であるオルティウスから目が離せず、訓練が終了してもなお、エデルはその余韻に浸っていた。無自覚に見惚(みと)れる王妃に、周囲の女たちが微笑まし気な視線で見守っていた。

「さあ、妃殿下。そろそろ戻りましょう」

ヤニシーク夫人に促され、ようやく動き出す始末だった。

帰り道、視界の隅でぴょこりと何かが動いた。最初は気のせいかなと思ったのだが、柱の陰から明るい色の服地が見え隠れしている。

（あら……？）

エデルは柱へ近付いた。すると小さな人影が出てきた。

「ごきげんよう、エデルツィーア妃殿下」

現れたのは、栗色の髪を持つ年端も行かない女の子。くせなく垂れた髪の毛の一部を、りぼんで結んでおり、時折揺れている。その身を包む衣服は上等なものだ。

「ごきげんよう、リンテ殿下」

「わたしのこと、覚えてくださっていたのですね」

オルティウスの妹でもあるリンテとは、結婚式の時に顔合わせをしている。わずかな時間だったが、その顔を記憶していた。

「リンテ様。供もお付けにならずに、今日はいかがなさいました？」

女官の一人が口を開いた。するとリンテはハッとしたように背筋を伸ばした。

「エデルツィーア王妃殿下におかれましては、ご機嫌麗しく存じます。本日は、妃殿下にお願いがあって参りました」

一生懸命練習したのだろう。リンテは片方の足を後ろに下げ、腰を落とす礼をしながら口上を述べた。彼女は今年十二歳になる年で、双子の弟ルベルムがいる。

「わたしにお願いとは一体どのようなものでしょうか」

「わたしの将来の夢はパティエンス女騎士団に所属することです。そのために毎日剣と長槍の練習に励んでいます」

　王女らしからぬ夢に少々驚いたものの、ここはオストロム。この国らしいことだとすぐに思い直した。

「このたび、オパーラやクレシダが妃殿下専任護衛騎士に選ばれたと聞きました。わたしはずっと彼女たちを所望していたのです」

　リンテは最後子供らしく頬を少しだけ膨らませ、不満の色を乗せた。

「それは、申し訳ございません」

「リンテ様。妃殿下の専任護衛騎士は国王陛下自らがお選びになられたこと。あまり不用意な発言は御身のためになりません」

　ヤニシーク夫人がすかさずリンテをたしなめる。いくら前王の娘とはいえ、現王の妻であるエデルの方が身分は上になる。

「だからお願いに来たのです」

　年上相手にも物怖じしない態度と行動力。エデルをじっと見据える彼女の瞳には強い意志が宿っている。

「お願いとはなんですか？」

「はい、妃殿下。陛下が決定したことをわたしが覆すのは無理です。ですから、せめて週に一度でいいので、わたしの剣の相手にオパーラたちを貸してはくれませんか？」

「オパーラたちを貸すのですか？」

「はい。稽古をつけてほしいのです」

強くなりたいと思う彼女の願いは純粋なものだ。オパーラたちは優秀な騎士だ。彼女たちに稽古をつけてもらうことがリンテにとっては何にも勝る願いなのだろう。

義妹(いもうと)の可愛らしい願いにエデルはしばし押し黙り、そのくらいのことならと首を縦に振った。

二

リンテの希望をオルティウスに伝えると、彼は最初難色を示した。だが、エデルがリンテに対する好感を示すと態度を軟化させ、週に一度稽古がつけられることになった。

今日ははじめての稽古の日だ。代々、王家の子供たちが住まう区画には剣稽古のために広場が設けられている。

意気揚々と姿を現したリンテの両隣を見て、エデルは驚いた。なんと、王太后ミルテアと第三王子ルベルムの姿も一緒だったからだ。

　ミルテアとはオストロム到着後と結婚式の日に顔を合わせている。

「王太后殿下におかれましてはご機嫌麗しく存じ上げます。また、オルティウス国王陛下との結婚式以降、ご挨拶に伺うことができずに申し訳ございませんでした」

　エデルが腰を落とし、礼を取ると、ミルテアは静かに制した。

「わたくしの娘がわがままを申したようで、妃殿下のお心遣いには感謝を致します。娘の教育が行き届いていないこと、お詫び申し上げます」

「いいえ。そのようなことはございません」

　前王の妃ミルテアは亜麻色の髪に茶色の瞳を持っている。オストロムの南隣の国出身で、エデルと同じく政略結婚でこの国に嫁いできた。

　物静かな顔立ちと静謐な空気を持つ彼女からは、とてもオルティウスを筆頭に四人の子供を産んだという気配が感じられない。

「お義姉様、今日をとても楽しみにしていました」

　ぱっと明るい声の主は髪の毛を後ろで一つに結び、シャツにズボンという稽古着姿のリンテである。

　リンテは待ちきれないとばかりにオパーラたちを訓練場の真ん中へと引っ張っていく。

「僕も義姉上とお呼びしてもよろしいでしょうか」

「もちろんです、ルベルム殿下」

「ありがとうございます。僕のことはルベルムとお呼びください。義姉上」

「はい。よろしくお願いします」

人懐こく話しかけてきたルベルムの優し気な表情にエデルも緊張をほぐした。リンテと同じ髪と目の色をした彼は第三王子だが、現時点での王位継承権は一位である。すぐ上の兄、イェノスが事故で他界しているからだ。

「リンテのわがままに付き合ってくださりありがとうございます。稽古中は退屈でしょうから、僕の話し相手になってください」

エデルはルベルムの気遣いを微笑ましく感じた。こちらと仲良くなりたいと思う心が嬉しかったのだ。

三人は現在、訓練場に隣接するテラスに設えられたテーブル席に座っている。

だが、ルベルムとおしゃべりする前にエデルはミルテアに言わねばならぬことがある。

「あ、あの。ミルテア殿下。先日の茶会ではわたしの付添人が大変な失礼をしました。彼女に代わり謝罪致します。それに……あの、わたしも彼女を止めることができませんでした。そのことも、申し訳ございませんでした」

「ことの顚末(てんまつ)は陛下より知らされました。妃殿下が改めて謝罪をする必要はございません」

ミルテアの口調は先ほどと変わらず静かなままであったが、こちらを気遣う心が感じられた。おそらくオルティウスが手を回してくれたのであろう。ミルテアの寛大な心に感謝した。

心のつかえが取れ、エデルは肩の力を抜いてお茶に口を付けた。

「義姉上は雪の精霊のようにきれいな髪をお持ちなのですね」

ルベルムが興味を隠しきれないという風に話しかけてきた。

「この髪はゼルスでは珍しくもないのですよ」

「そのようですね。北西の国々では皆が銀色の髪を持つのだとか。ですが、僕は最初にお会いした時、まるで精霊か何かのようだと思いました」

「あ、ありがとうございます」

小さな紳士の褒め言葉に、エデルがうっと詰まってしまう。

「ルベルム……も剣の扱いがとても上手だと聞いています」

「ありがとうございます。けれども僕は剣も馬も兄上にはまだまだ敵(かな)いません」

「普段から稽古をされているのですか？」

「はい。今日はリンテの付き添いですが、僕も普段は騎士から稽古をつけてもらっています」

「この国では女の子も剣や弓を習うと聞いてびっくりしました」

「女だけの騎士団はないけれども、わたくしの生国でも武芸を嗜む女は少なからずおりますわ」

ミルテアがそっと口を挟んだ。

「そうなのですか。国が違えば文化もまた様々なのですね」

「ええ。ですが、娘は少々活発過ぎて手を焼いております」

ミルテアは威勢のいい掛け声を出すリンテを見つめる。

「母上は万事に対して心配性なのですよ。僕の稽古にもずいぶんと口を出してくるではないですか」

ルベルムが間髪容れずに口を挟む。

「あなたたちはまだ幼いのですから、母として心配をするのは当然です」

ミルテアは静かな声で息子を諭した。

ルベルムはその言葉に反論せずにエデルの方に視線を据える。

「僕もいつか兄上と肩を並べて馬を駆けたいです」

「それは素敵ですね。先日陛下の騎馬訓練の様子を拝見しました。とても勇ましく、凛々しく、そして美しかったです」

「僕も見たかったなあ。オストロムの王族は武芸全般に秀でていることがよしとされるのです。父上もとても強かったです」

ルベルムの瞳の中には純粋に強さへの憧れがあった。彼は王族の誰がどう強いのかを自慢するように話していった。エデルは頭の中にオストロム王家の家系図を浮かべて、ルベルムの話に耳を傾けた。

ルベルムはエデルの知らないオルティウスの話もいくつかしてくれて、知らずに頬を緩めながら聞き入った。

いつの間にかリンテの稽古終わりの時間になっていたようだ。彼女がほくほく顔で戻ってきた。

「お義姉様、今日はありがとうございました」

「いいえ。稽古は楽しかったですか？」

「はい、とっても！　あ、あとわたしに敬語はいりません」

「僕にも必要ありませんよ、義姉上」

「ずいぶんとお義姉様と仲良くなっていない？　ルベルム」

「僕と義姉上は、兄上の話で盛り上がったからね。義姉上はこの間、兄上の騎馬訓練を見たんだって」

「ずるーい。わたしだって、もっとお義姉様と仲良くなりたいのに」

双子がぽんぽんと会話を繰り広げていく。息の合った掛け合いが微笑ましい。

「そうだわ、お義姉様、これからわたしの馬を見に行きませんか？　リースナーって名前なんです。あ、一緒に馬を走らせるのはどうかしら。ねえ、いかがですか？」

リンテがはしゃいだ声を出しながらエデルの近くへやってきた。

「じゃあ僕の馬も紹介します」

「二人とも、妃殿下に無理を言うのではありません。妃殿下はあなたたちの遊び相手ではなく、陛下の妃なのですよ。特にリンテ、あなたは無断で妃殿下の元へ赴いて、あげくに今回のようなわがままを」

ミルテアが見かねたように口を挟みながら立ち上がり、リンテを手招きした。

「オパーラたちに稽古をつけてもらいたかったのもあるけれど、お義姉様とも仲良くなりたかったんだもの」

リンテの素直な言葉にエデルは嬉しくなった。この後はそこまで予定が詰まっているわけでもない。もう少し一緒にいたいと思った。

「リンテ――」

エデルが話しかけようとすると、にわかに辺りが騒がしくなった。

先触れが到着するのと、オルティウスが姿を現したのがほぼ同時だった。

「どうしたのですか、陛下」

エデルは目を丸くしてオルティウスに尋ねた。

「おまえの様子を見に来た。それから弟たちの様子も。リンテ、ルベルム、変わりはないか？」

オルティウスが弟妹に視線をやる。エデルも釣られるようにして二人の方へ顔を向けた。リンテはつい先ほどまで反発していたミルテアの後ろに隠れるように身を引いている。

「兄上、ご機嫌麗しく存じます」

ルベルムが立ち上がり、やや硬い声で挨拶をする。続けてリンテが小さな声で同じような挨拶をした。先ほどまでの威勢のよさが完全に消えてしまっている。

オルティウスはその流れでミルテアに顔を向けた。

「母上も変わりはないだろうか」

「陛下におかれましてはご機嫌麗しく存じます」

二人はそれきり黙り込んでしまう。親子にしては少々格式ばった挨拶だ。それを言うなら、双子たちも同様であった。

「……そうか。変わりがないのであれば、何よりだ」

オルティウスはそれきりミルテアから視線を外し、エデルに話しかける。

「エデル、行くぞ」

「あの、陛下。これから、……リンテが愛馬を紹介してくださるのです。時間があるのであれば、見てみたいです」

「……馬、か」

オルティウスの返事は歯切れが悪かった。

「そういえば、おまえは乗馬が得意だったな」

ぼそりと呟かれた内容に、リンテがぱっと顔を上げた。知られていることが予想外という風に口が少々開いている。

「兄上！ 僕も、最近は教師から上達したのだと褒められるのです。今年のレゼクネ宮殿の休暇の狩りにだって参加できるほど、腕を上げました」

「ルベルム！」

ミルテアが刺すような声を上げた。その場がしんと静まり返る。

「母上、僕だってオストロム男児です。兄上は十歳の年に狩りに参加をしたと聞き及んでいます。僕はもう十二です」

一足早く口を開いたのはルベルムだった。

「あなたと陛下とでは立場が違います」

ミルテアの声は頑として譲らない響きを携えている。一歩も引かないという強さを感じ取ったのはルベルムも同じだろう。彼は唇をぎゅっと引き結び、母親を見上げた。

オルティウスは口を挟まず、ミルテアを窺っていた。その視線に気が付いた彼女はばつが悪そうに、少しだけ俯いた。

「エデル、もう少し妹たちと一緒にいてやれ。だが、乗馬はするな。見るだけだ」

「ありがとうございます、陛下」

エデルが顔をほころばせると、釣られたようにオルティウスが少しだけ目元を和らげた。直後、彼は踵を返した。

オルティウスを見送った後、ルベルムが嘆息する気配がした。エデルは心配になって彼を見つめた。

「母上は、兄上に遠慮があるのですよ」

どこか寂し気な声にエデルは気を取られた。彼の顔をじっと見つめたが、憂いのある表情は一瞬でかき消されてしまった。

「お母様は心配性なのよ。そりゃあ、イェノスお兄様は――」

「リンテ！」

義妹の声は、ミルテアの悲鳴のような高い声にかき消された。


リンテたちと別れ王城内を歩いていると、壮年の男が反対側から歩いて来た。隣には若い娘が付き添っている。二人はエデルに気が付くと、回廊の脇に身を寄せ、首を垂れた。

王妃の務めだと思い、できる限りのすまし顔を作って横を通り過ぎようとした時、

「王妃殿下」と男が声を出したため、思わず立ち止まってしまう。

女官がすかさず眉を吊り上げた。己よりも身分の高い王妃に声を掛け、足止めするなど言語道断というわけだ。

「陛下と成婚されて、幾分こちらの生活にも慣れてこられましたでしょうか」

「え、ええ」

黒い髪に青い瞳という典型的なオストロムの人の特徴を持った中年の男だった。

「わたくしはレシウスと申します。こちらは娘のマイオーシカ」

「ごきげんよう」

当たり障りのない挨拶を口にしたエデルは、頭の中にオストロムの主だった貴族家の名前を浮かべていく。確か、政(まつりごと)にも携わる人物ではなかったか。

彼の口調からは人の上に立つ者特有の傲慢さがちらちらと感じ取れ、態度も堂に入っている。

父に紹介される形で顔を上げたマイオーシカは、緩急のついた豊満な身体を持つ、肉感的な魅力に溢れた娘だった。自信をみなぎらせる堂々とした立ち姿に、エデルは無意識に目を逸らしてしまう。

マイオーシカはじっとその様子を観察し、目に嘲りの色を湛(たた)えた。

「今後は娘共々、妃殿下にもお目にかかることが多くなると思いますゆえ。正式な挨拶はまた後日」

レシウス卿は最後まで堂々としていた。女官に視線で促されたエデルは「急いでいるので失礼しますわ」と言って歩き出した。

＊

「このへんが潮時か」

オルティウスはゼルスから到着した書簡に目を落とした。執務室にはヴィオスの姿もある。

議案は拘束中のバーネット夫人の処遇についてだった。

予想通りではあったが、ゼルスは彼女の引き渡しを譲らなかった。オストロム側に彼女の処分を一任しろと書簡をやった返事がこれである。彼女の生家や王妃が声高に主張したと見ていいだろう。

重臣らと話し合った結果、王妃殺害を企てたバーネット夫人のオストロム側での処分を諦める代わりに、先の戦争の舞台ともなったナステニ地方を流れる国際河川、ロース河の治水権を要求することにした。現在この治水権は微妙な問題で、どちらにも帰属していない。

この川は二つの国境を何度か跨ぐ形で流れており、上流の治水権を手中に収めることができればオストロムの民たちの生活の向上に役立つ。また、今後両国の関係が悪化を辿ってもゼルス側に対して水の供給という面で優位に立つことができる。

オストロムにも面子というものがある。大臣たちは取れるところから取っておけとばかりに追加の賠償金を盛り込もうとしたり、色々な案を出してきた。

オルティウスはゼルスへの交渉役に渡す書簡の中身を検め、署名した。

結局イースウィア王妃の関与を突き止めることはできなかった。バーネット夫人は相変わらず己の一存でエデルを弑そうとしたと主張している。本来なら、この手で処分を下したいところだったが、個人の感情を優先させるわけにはいかない。

すでに交渉は最終調整に入っている。もうまもなくバーネット夫人はゼルスへ送られることになる。今後はゼルス国内の牢に収監される予定で、オルティウスとしても、彼女がきちんと収監されるか人を遣って見届けるつもりだ。

「ヴィオス、肝心の女は死んでいないだろうな」

「痩せはしましたが、相変わらず口は達者との報告を受けています」

「……死なれるよりはましか。一応、旅に耐えられるだけの体力はつけさせておけ」

オストロムからゼルスまでの旅程はそれなりにある。待遇のよい旅にするつもりはないが、道中で死なれたら面倒なことになることは目に見えている。

「かしこまりました。……そういえば、夏の狩りの参加者について侍従長の元に返事が届き始めているとか。その前に王宮舞踏会もありますね」

ヴィオスが首肯して、書類を抱え持ち、話題を変えた。

「短い夏が到来するからな。舞踏会など何がいいのか、さっぱり分からないが」

話題が社交へと移っていく。華やかな季節の到来だが、オルティウスは優雅な舞踏よりも剣稽古の方が好みに合う。

「気晴らしも必要ですよ。戦争続きで貴族たちも緊張の連続でしたから。それはそうと、今年の夏はルベルム殿下との時間を取られてはいかがですか。もう十二歳なのですから、そろそろ騎士見習いとして訓練につく頃でしょう」

「だが、母上が手放さないだろう」

「王太后殿下の心配なさる気持ちも分かりますが、ルベルム殿下の将来を鑑みるのなら、あなた様から一言おっしゃられた方がよろしいかと」

「おまえの方がよほどあいつの兄のようだな」

オルティウスは自嘲気味に笑った。十二歳年の離れた双子とは最低限の交流しか持っていない。先日珍しく会いに行ったが、エデルが関わりにならなければ足を運ぶこともなかっただろう。

「オルティウス様」

ヴィオスはオルティウスが何に対して憂いているのか理解している。

オルティウスは息を一つ吐いた。

「実はあいつから今年の狩りに参加したいと言われたが、母上が拒絶した」

毎年王家の人間はレゼクネ宮殿で夏の休暇を過ごす。有力貴族も同じく移動をし、夏の社交の場はレゼクネ宮殿一帯に移動して行われることになる。

男たちは狩りを通して交流を深め、己の才覚を王族にアピールする。馬を操ってこそ、勇敢なオストロムの男だと言われるほど重要事項で、王族は特にこれが顕著だ。

オルティウス自身、父王に連れられて十の年には夏の狩りに参加していた。

将来を担う王太子としての期待を一身に浴び、また彼自身武芸に秀でていた。父王はオルティウスを自慢にし、父に褒められるたび心を躍らせた。己の力量が認められることは自信にも繋がる。

確かに同じ機会をルベルムも与えられるべきだ。頭では理解をしているのに、別の痛ましい思い出が蘇る。

「来年は参加させる方向で調整する」

今年はミルテアが反対したが、ルベルムは現状王位継承権一位を持つ。今後のことを考えると、私情を持ち込むわけにはいかない。

ひとまずこの話題はこれで区切りだ。ちょうどその時、ガリューが入室してきた。

彼はオルティウスに書簡を手渡すついでに世間話を始める。

「エデル様は最近リンテ様と仲がよろしいようで」

彼女の専属騎士がリンテに剣の稽古をつけ始めた件はこの二人も知っている。

「どうやらリンテのことが好きらしい」

「おや、オルティウス様も負けてはいられませんね。エデル様のためにせっせと珍しい菓子や果物を運んでおられるというのに」

ガリューがからかい混じりの口調で踏み込んでくる。

「別に妹と張り合っても仕方ないだろう」

「エデル様の気を引くために菓子を取り寄せているのでは？」

「彼女が食べることに興味を持てばいいと思ったまでだ」

オルティウスは内心を押し隠し、友の追及をかわした。まったく、この件になるとガリューはがぜんやる気を見せる。

確かに、彼の言う通りである。

どうやらエデルはお菓子をくれる人物をいい人だと認識するらしい。熱を出したエデルはうわ言でユウェンという男の名を呟いた。その時、妙に胸がざわついた。

その後男の素性を尋ねると、彼は兄の騎士でよく菓子を分けてくれたのだという答えが返ってきた。正直思いきり面白くなかった。それは絶対に二心あっての行為だろうと進言しようとしたが、寸前で思い留めた。

彼女はユウェンの行為が同情から来るものだと信じ切っていたからだ。余計な知識を彼女に与えたくなかったし、そんな男のことなど、いつまでも心の隅に留めておいてほしくなかった。まごうことなき嫉妬だ。以来、対抗するかのように彼女に食べ物を与えるようになった。

「今度、エデル様がリンテ様とお会いになる時、菓子を差し入れてはいかがですか」

「そうだな、考えておく」

ヴィオスの的確な助言にオルティウスは頷いた。

「オルティウス様も、なんだかんだと結婚生活を楽しんでおられますね。あれほど政略結婚に夢は持たないとおっしゃっていたのに」

「……悪いか」

オルティウスはガリューを横目で睨みつけた。

「いいえ、まさか。夫婦仲睦まじいのはよいことです。幸いにもエデル様は我を出すことはございませんし」

「最近ではエデルも欲を言うようになってきた」

結婚当初、何を尋ねてもびくびくしていたエデルだったが、最近は自分のしたいことや考えを口や態度に表すようになった。

「へえ、どんなことですか？」

ガリューが先を促した。

「菓子の感想も言うようになったし、乗馬や弓矢を習いたいと言ってきたな。最近ライアーハープの練習を始めたから演奏を聞きたいと言ったら、困った顔をして俯いていた」

「ははあ……。なんて言いますか……楽しんでおられますね。新婚生活」

興味を持ったのが馬鹿みたいだと、ガリューが天を仰ぐ。隣のヴィオスもどう感想を言えばいいのかと思案気な顔を作っている。

「さすがに乗馬は許可するつもりはないが。リンテの愛馬を見たいとも言っていたから、俺はあの時エデルを迎えに行ったのに、一人で帰る羽目になった」

先日のくだりを思い出して言い加えれば、とうとうガリューが噴き出した。

「エデル様はオストロムに慣れようと健気(けなげ)ですね」

肩を震わせているガリューに代わり、ヴィオスが後を引き継いだ。

「ああ。以前バーネット夫人がオストロムの女性の嗜みである乗馬と弓矢を嗤(わら)ったことを気にしているらしい」

「そんなこともありましたっけね。しかし、こうも微笑ましい夫婦をされていると、なるほど。レシウス卿が焦るのも納得というものだ」

「娘を陛下の愛妾として遣わしたいとの攻勢が日増しに激しくなって侍従長が困っていると聞き及んでいます」

レシウス卿の娘、マイオーシカはオルティウスの妃候補としてエデルと共に並んでいた。

目に見える権威を欲するレシウス卿はオルティウスが結婚してもまだ諦められないらしい。愛妾として王に気に入られれば、一族が取り立てられる可能性があると踏んでいるのだ。

「そのレシウス卿と娘がエデル様に接触したのはご存じで？」

ガリューの問いに、オルティウスが眦を吊り上げた。

「俺は何も聞いていないぞ」

「さすがはガリュー、耳が早いな」

いったいいつの間に。エデルが日々オルティウスに話すことといえば、食事の感想や散歩の途中でどんな花が咲いていただとか、些細なことばかり。

彼女は自分への悪意を第三者に伝えることを苦手としている。エデル付きの女官からも何の報告も上がってこなかった。実は女官は伝える気満々だったのだが、エデルがそこまで重要なことでもないと制止したのだが、このやり取りも伝わっていなかった。

「確かにレシウス卿は厄介ですがね。今度の舞踏会で仲睦まじいところを見せつければ、諦めますよ」

ガリューは、なんならより親密に見える仕草を教えましょうと、教師めいた口調で続けたから、オルティウスは「余計なお世話だ」と返しておいた。

レシウス卿は前王からの重臣で無下にはできないが、愛妾を作る予定はない。これは確固たる意志である。現在の王家には王位継承権を持つ男が複数いる。弟のルベルムを筆頭に叔父アルトゥールとその息子が継承権上位に入る。

そのため急いで子供を作る必要はない。

エデルの存在はオルティウスの中で日増しに大きくなっている。様々な表情を見せるようになったエデルから目が離せないでいる。

隣で眠る彼女が欲しいという気持ちを毎日必死になって抑えている。彼女を抱くことは簡単だ。自分たちは夫婦なのだから。

夫が妻を求めれば彼女は従順に従うだろう。しかし、それでは駄目なのだ。

オルティウスが欲しいのは彼女の心だ。己が持つ熱量と同じものをエデルが抱いてくれたならば。体の繋がりでは足りない。

女に対して執着のような感情を持つのはエデルが初めてのことだった。

(他の女など必要ない。エデルさえいてくれればそれでいいんだ)

彼女を手放すことはできない。ずっと側にいてほしい。この感情が恋情であることをオルティウスは認めていた。おそらく彼女と初めて過ごしたあの夜から惹かれていたのだろう。

だからこそ性急にことを進めたくないと思った。政略で結ばれたからこそ、次に抱く時は少しでも彼女に気持ちを傾けてほしい。己にひとかけらでもいいから心を預けてほしい。

感情を持て余したオルティウスは体から熱を逃がすように、そっと息を吐き出した。

三

王宮舞踏会当日、王妃付きの侍女たちは大忙しだった。

隣国から嫁いできた王妃がオストロム貴族たちの前に姿を見せるのだ。国中の貴族、そして特別に招待された市民階級の者たちから称賛の声を引き出すため、侍女たちの気合と気迫は、これから戦に向かう騎士たちをも凌ぐほどだった。

この日のために設えられたドレスはエデルの瞳に合わせて淡い紫色。スカートは最高級の絹で織られた布を幾重にも重ね、ドレスの上からは白い毛皮で縁取りされたマントを羽織る。これは国王と王妃のみが身に着けることが許されているものだ。腰回りには細い金の鎖に数々の宝石がちりばめられた飾り紐が垂れ下がる。

大広間にはすでに招待客らがひしめき合っており、王と王妃の登場に、一同しんと静まり返る。

オルティウスの隣で、エデルは目線を高く保ち、招待客らの視線を受け止める。すでにこの国に嫁いで数か月が経過した。この舞踏会を境に、この国の貴族たちとの交流が始まっていくだろう。

突き刺すような視線をエデルは必死になって受け止める。彼の隣に立つのであれば、これに慣れなければならない。

オルティウスが始まりの言葉を告げると、楽団が演奏準備に入った。

「エデル」

広間の中央へ誘われる。皆が注目する中、王と王妃が最初のダンスを踊るのだ。エデルはゆっくりとした所作で彼の手のひらに自分のそれを重ねた。

国王であるオルティウスもまた、今日は華美な装いをしている。

黒に一滴青を垂らしたような深い藍色の儀礼用の騎士服は袖や襟回りに金糸で刺繍が施され、王妃と揃（そろ）いのマントを羽織っている。胸元にはいくつもの勲章が飾られ、灯りに照らされ反射している。

元から精悍な彼をさらに引き立てているようだ。

その立派な出で立ちに、エデルはどこを見ていいのか分からなくなる。彼を直視できなくて困ってしまうのだ。意図せず頬が赤くなっていく。

煌びやかな舞踏会もダンスに誘われることも、自分には一生訪れることのない縁だと思っていた。

「ごめんなさい。陛下」

ダンスはいくら練習してもあまり上達せず、不安で仕方がなかった。案の定エデルはオルティウスの足を踏んづけてしまった。

「気にするな。たいして痛くもない」

「で、ですが……」

舞踏会よりも剣の鍛錬の方が性に合っていると言っていたオルティウスだが、ダンスの腕はよく、やすやすとエデルをリードする。重たいマントを身に着けて踊っているはずなのに、まるでそんなものは存在しないかのように動いている。

「重たい衣装のままよく踊れている。ダンスの良し悪しは男のリードに掛かっていると昔習った」

オルティウスが少しだけ口の端を持ち上げた。どうやら機嫌がいいらしい。

「お気遣いいただきありがとうございます。陛下はとてもダンスが上手でいらっしゃいますね」

彼のリードのおかげで、エデルはまるで妖精にでもなったかのように軽やかに舞う。今だって、ステップの間違いがなかったことにされた。

「体を動かすことは嫌いじゃない」

目が合い、二人はどちらからともなく微笑み合う。いつの間にか、周りのことなど気にならなくなっていた。すると体から緊張が抜けていき、踊ることが楽しくなっていた。

夢のような時間はあっという間で、一度音楽が鳴りやみ、エデルは次の曲を重臣の一人と踊った。オルティウスも同様に、その奥方と踊っている。

数曲踊ったのち、少々疲れたため国王夫妻の席に戻るとオルティウスが近づいてきた。

「エデル、疲れていないか？」

「大丈夫です、陛下」

エデルは微笑み、従者から受け取った果実水を口にする。冷たい液体が喉を滑り落ちる感触を楽しんでいると、彼も同様にぶどう酒を飲み始めた。エデルは先日初めて薄めたぶどう酒を舐めてみたが、少しも美味しいと感じなかった。正直に告白をするとオルティウスに笑われた。

「母上もお疲れではないですか」

近くに座っていたミルテアは静かに瞳を伏せながら「お気遣いありがとうございます、陛下」と返事をした。彼女はダンスの輪には加わらず、その様子を眺めているのみだった。

エデルは国王と王太后をそっと見比べた。先日も感じたことだが、二人ともどこかよそよそしい。二人の間に薄い氷が張っているようにも思えるのだ。

(お二人の間には……何か、ある?)

そのように思考に没頭していると、国王夫妻へ挨拶をしようと多くの人々が集まってきた。

エデルは慌てて表情を引き締め、オルティウスと共に順番に声を掛けていく。集まって来た諸侯らは口々に結婚祝いを述べた。気の早い者たちはすでに生まれてくる御子は男女どちらになりましょうか、などと笑みをこぼしていく。

エデルは口角を持ち上げ、それらに対応していった。

「国王陛下夫妻におかれましてはご健勝で何よりのこと。お喜び申し上げます」

辺りにひときわ大きな声が響いた。国王夫妻を取り囲んでいた人々が横にずれ、空間が生まれた。そこを堂々と歩き、こちらに近づいてきたのはオルティウスによく似た雰囲気を持つ中年の男である。特に目元がよく似ている。

「叔父上」

オルティウスが表情を緩めた。

現在、彼がそう呼ぶ男は一人しかいない。アルトゥール・ファスナ・クルス・オストロム。前王の弟である彼は、王家の第二王子以下に与えられる「クルス」の呼称を持っている。ルベルムも同じ呼称を持っている。

「エデル、紹介しよう。アルトゥール叔父上だ。南東の隣国ヴェシュエとの境沿いに領地を持っている」

「お初にお目に掛かります。アルトゥール殿下」

「結婚式には出席できず申し訳ございませんでした。しかし、噂以上の美姫ですな。以後お見知りおきを」

ヴェシュエと終戦後のやり取りで忙しくしていたことはエデルも聞き及んでいる。

オルティウスに似ていることもあり、エデルは彼に親近感を持った。彼の方も、友好的な笑みを浮かべている。

「叔父上、今年はレゼクネ宮殿へは来られましょうか」

若い王は叔父に対して一定の敬意を表した言葉遣いで話し続ける。

「ヴェシュエとの交渉がまだ立て込んでおりましてな。なにせつい先ほどまで戦を行っていた相手。そう長いこと領主が土地を離れるわけにもいくまい」

「叔父上の狩猟の腕が見れないとなると悲しむ者たちは多いでしょう」

「ふむ……。では、私めの側近を離宮へ遣りましょう。私に匹敵するほどの狩りの腕前の持ち主だ」

「それは楽しみにしていますよ。それはそうと——」

二人はそれから少しばかり政治の話に花を咲かせ、やがて気安く軽い抱擁を交わして会話を締めくくった。

「それではまた」

アルトゥールは立ち去る寸前、一度エデルに視線を据え、上から下へ舐めるように見つめた後、別の重臣に話し掛けながら離れていった。

「お二人は仲がよろしいのですか?」

「そうだな。昔からよく剣の稽古をつけてくださった。父上の次に強いのが叔父上だった。彼には息子がいるが、こちらは文官肌で、よく叔父上が嘆いておられたな」

身内に対する気安い昔話を興味深く聞いていると、次に挨拶をしようと男が進み出る。

「レシウス卿か。変わりはないか」

それは、少し前にエデルが王城で出会った人物だった。隣に身体の線を強調するドレスに身を包んだ娘を連れている。

「我が娘、マイオーシカにも声を掛けてやってくださいい、陛下」

「平時と変わりないか、レシウス嬢」

「ご尊顔を拝して恐悦至極に存じますわ、国王陛下」

マイオーシカは艶やかな笑みを顔に浮かべた。たわわな胸を惜しげもなく半分晒した肉感的なドレスは彼女の魅力を十二分に引き出している。

「私の妃への挨拶はないのか？」

オルティウスがいささかぞんざいな声を出すと、マイオーシカが再び膝を折りエデルに口上を述べたが、最後こちらに向ける視線の中に一瞬挑発めいたものが混じっていた。

エデルは反射的にまつげを震わせ、視線をそっと外してしまった。

「娘は今宵、陛下に拝謁できるのを非常に楽しみにしておりました」

レシウス卿が声を張り上げる。

「娘の気持ちはこれまでと変わらず、心身ともに陛下のお側で尽くす所存にございます。是非とも、お心に留め置いてください」

これにには周囲がざわめいた。かすかだが息を呑む声がエデルの耳にも届く。

マイオーシカは熱のこもった視線をオルティウスに向けている。隣にエデルなど存在しないかのように、彼女は強い眼差しをただ一人に向けている。

「もちろん、今宵お召しがあればすぐにでも」

エデルはその場に凍り付いた。まるで己の体の血液がぐるぐると逆に流れ始めるような感覚だった。あからさまではないが、彼の意図は明白だった。

レシウス卿ははっきりと娘への寵をオルティウスに願った。王がその気ならば今夜にでも娘は王の寝所に侍ることができると含みを持たせた。

「レシウス卿、私は妻を娶ったばかりだ。その妻の前でよくもそのような口がきけたな」

オルティウスが低い声を出すと、レシウス卿は形ばかりの謝罪をし、身を翻した。

オルティウスは目に見えて機嫌を悪くしたが、すぐに元の端正な顔付きに戻した。

エデルはその後、誰とどのような言葉を交わしたのか全く覚えていなかった。

彼女は思い出していた。実父ゼルス王の周りにも多くの女たちが侍っていたということを。その時々によって父王は女を寝所に呼ぶか通うかしていたことを。

＊

レシウス卿が娘共々立ち去った後、エデルは明らかに動揺していた。周囲では諸侯らが王妃の動向を注意深く探っている。おおかた余興でも見ている気分なのだろう。どちらにせよ、胸糞の悪い話である。

（若い王というだけで舐められる）

でなければあのように平然と己の娘を愛妾になどと薦めてきたりはしない。

その後も諸侯らの相手をしながら、オルティウスは内心憤っていた。本当は、ふざけるな、と怒鳴りたかったが、王の立場上褒められたことではない。

エデルはその出自からゼルスで虐げられ、また彼女自身生まれに対して劣等感を抱いている。面と向かってあのような話を聞かされれば、その動揺も計り知れない。

「エデル、踊ろう」

「はい。陛下」

彼女の頬からは赤みが抜けていたが、声ははっきりしていた。周囲に夫婦仲のよさを見せつけるためダンスに誘ったが、先ほどまでとは違いエデルの紫水晶の瞳には少しだけ陰りが見えた。気丈に振る舞ってはいるものの、やはり堪えたのであろう。

「エデル、顔色が悪い。先に戻って休んだらどうだ？」

あのような悪意に晒されて傷付いているなら先に休ませた方がよいとの判断である。このあと、貴族たちは酒を煽り酔っぱらい、それぞれ楽しむだけだ。

「ですが……」

「母上もすでに退席をしている。双子の世話をなるべく自分の手で行いたいというお人だからな。おまえが退出しても構わない」

エデルが負担を感じずに済む言い方をすれば、彼女は「分かりました」と答えた。

初めての舞踏会で疲れも出てきているのだろう。あまり無理をさせたくない。退出前に目が合うと、彼女は何か言いたそうにじっとこちらを見つめてきた。だが一瞬のことで彼女は女官に先導され退出していった。

オルティウスはもうしばらく舞踏会に付き合う予定だ。

一人きりになった途端に若い娘を連れた貴族たちに近寄られ、辟易(へきえき)した。レシウス卿に後れを取るまいという思いがありありと透けて見える。

その気はないと態度で示すために部屋を移動し、年の近い男たちと政治や軍事について意見を交わし合う。

会話に興じていると、侍従長が背後にやってきて、一言告げていった。

オルティウスは立ち上がり早足に歩き始める。そのうしろをヴィオスが慌てて付いて来た。

「今日は退出する。あとは適当に頼む」

「お任せを、陛下」

「悪いな、ヴィオス」と短く礼を言い、オルティウスはエデルの元へと急いだ。

＊

重たい衣装を脱ぎ軽くなったはずなのに、心は重たいままだった。

理由は分かっている。先ほどのレシウス卿とオルティウスの会話。それがエデルの頭の中でぐるぐると回っている。

彼はエデルに舞踏会の途中退出を促した。これ以降、自分が彼の側にいると少々気まずいのだろう。だからエデルはドレスを脱ぎ、寝支度が整った今も王妃の間に留まっている。

この部屋を使うのはどれくらいぶりだろう。熱から回復したのち、エデルは毎日オルティウスの隣で眠りについていた。彼は決してエデルを抱こうとしなかったが、眠る時はその腕の中に閉じ込め、朝まで離すことはなかった。

（でも……今日はきっと）

考えるとじわりと目元が熱くなった。

今日それを享受するのはマイオーシカに違いない。彼は彼女を寝所に呼びつけるはず。

そのことを考えると悲しさで胸が張り裂けそうになる。オルティウスが自分以外の女性と夜を共にすると想像すれば絶望が身を襲う。このような激しい気持ちは初めてだった。苦しくて苦しくて体がバラバラになってしまいそう。

（わたし……マイオーシカに嫉妬している。彼女はわたしにはないものをたくさん持っている。きっと、陛下はわたしの貧相な身体には満足されていない）

この感情に長い間イースウィア王妃も囚われていたのだ。

エデルはマイオーシカの姿かたちを眼の裏に浮かべる。エデルより少し年上ではっきりとした顔立ちの美しい娘。成熟した肉体は熟した果実のように瑞々しく、自分の身体と比べるまでもない。

それを思うと、さらにずきりと胸が痛んだ。

「妃殿下、寝所が整いました。……ですが、本当に本日はこちらをご使用になられるのですか？」

侍女が控えめに尋ねてきたから、エデルは淡い笑みを浮かべて肯定した。

「おやすみなさい」

一人きりの寝台は広く感じる。エデルはその上に浅く腰掛けた。

王には多くの愛妾がいるものだ。ゼルス王は母が姿を消した後、その時々で女を召し上げていた。王妃には決して手を付けず、彼は気まぐれに別の屋敷や離宮に通っていた。そういう時、王妃は分かりやすくエデルに対して厳しく接した。

自分もその王妃の立場になったのだ。頭では理解しているのに、心が苦しくてしくしくと痛む。オルティウスに出会うまで知ることなどなかった。

きっと、これまでが特別だった。これからは一人きりの寝台に慣れていかなければならない。

だから今日だけは。少しだけ泣いてもいいだろうか。そのように考えていたその時、突然に部屋の扉が勢いよく開かれた。

「エデル！」

「へ、いか……？」

急いた声で入室してきたのはオルティウスだった。

「今日は別々に眠るとはどういうことだ！　体調が悪いのか？　熱が出たのか？」

あっという間にエデルの側へとやってきたオルティウスがその場に膝をついた。険しい顔にエデルはびくりとした。

彼は手袋を外してエデルの額に手をやった。

「熱はないな」

「あの……特に体調に問題はありません」

オルティウスがあからさまにホッとした声を出したからエデルは戸惑った。

今日はこれからマイオーシカを呼ぶのではないか。だからエデルを先に帰したのではないのか。だが、答えを聞くのが怖くて口に出せないでいると、ひょいと抱き上げられた。

「っ！」

エデルは声にならない悲鳴を上げた。彼はそのまま王の間へエデルを運んでしまった。

「おまえの眠る場所はここだろう？」

いつもの寝台の上にそっと下ろされる。エデルは困惑したままオルティウスを見上げた。彼の瞳の中に傷ついた色が浮かんでいる。どうして。二人はしばし見つめ合う。

「……あの、でも。わたしがここにいては」

先に話しかけたのはエデルの方だった。

「先ほどのレシウス卿の言葉を気にしているのか？」

はっきりと懸案事項を口にされてエデルは押し黙り、下を向いた。

「俺はレシウス卿の娘をどうこうするつもりはない」

「そ……うなの……ですか？」

「当たり前だろう。妻がいるのに他の女に手を出すわけがない。おまえがいれば十分だ」

オルティウスがエデルの頬にそっと触れた。

彼の低いけれども優しい声が胸をくすぐっていく。彼の隣はまだ自分だけのものでいいのだろうか。そんな風に考えると、顔に熱が集まってしまう。これが、独占欲というものだろうか。

「やはり疲れているようだな。俺を待たずに眠っていろ」

オルティウスがエデルの顔を覗き込む。薄青の瞳に気遣われ、その透明さに引き込まれそうになる。とくとくと、胸の鼓動が速まる。自分の中に渦巻く気持ちを持て余している。

「……いいえ。疲れてなどおりません」

「だが、顔色が冴えない」

「それは……。それは……寂しかったからです」

今は言葉を呑み込みたくない。手を伸ばしたい。どうか、わたしに触れてほしい。

「今宵、陛下がどこかへ行ってしまうのではないかと思ったら……とても寂しくなったのです」

オルティウスと近しい距離でエデルは心の一部をさらけ出した。

「そう……か。少しは妬いてくれたのか」

はっきりと言葉にされて、エデルは銀色のまつげを震わせた。やはり、出過ぎた想いだっただろうか。政略結婚に個人の意思など関係ない。

「申し訳ございません。今のは忘れてください」

「忘れるものか。少しは、自惚れていいのか？」

囁き声が耳のすぐ近くを撫でていく。言葉の意味を深読みしそうになって、エデルは自分を律する。これではまるで……。ううん、深追いしては駄目。

これまでずっと人の悪意に晒されてきた。だから人の好意をそのまま受け止めることにまだ戸惑っている自分がいる。

エデルは喘いだ。空気がとても薄く感じる。鼓動が余計に速まった。

「あ、あの……陛下」

「エデル」

互いに視線を絡ませる。どうしようもなく体が疼いた。このまま時が止まってしまえばいいのに。彼の瞳の中にずっと囚われていたい。

体の熱さが、自分の想いがオルティウスに伝わればいい。どれくらいの時間が流れたのだろうか。

オルティウスがエデルの手を優しく掬い上げる。手首に、指先に、口付けが落とされる。心の奥にそっと触れるような、繊細な触れ方に泣きたくなった。

ゆっくりと寝台の上に横たえられた。二人の間に流れる空気が明らかに違っている。

「ずっと、おまえに触れたかった」

真上からオルティウスの切なる声が降り注ぐ。

あなたに触れてほしい。心の奥まで、何もかも委ねたい。

エデルは腕を持ち上げた。指先が少しだけオルティウスの頬をかする。その腕を取り、オルティウスが唇を押し当てた。

「エデル」

それは自分の心を撫でていくかのような声だった。エデルは声もなく彼を見つめ続けた。わたしもあなたに触れてほしい。どうか、お願い。そう、心の中で祈り続ける。

やがて彼はゆっくり体を屈め、エデルの唇を塞いだ。一瞬の触れ合いはふわふわとした雪のような感触だった。もう一度と、願うと再び口付けが落ちてきた。徐々に熱を帯びていくそれに二人は夢中になった。

この日、二人は久しぶりに身を繋げた。

閑話

「エデル、起きているのだろう？」

朝、ふわりと覚醒すると優しい呼吸が耳元をくすぐった。後ろからエデルを抱きしめるその腕が何物にも代えがたいくらい大切なものになっていた。

「はい。陛下」

「二人きりの時はオルティウスと呼べと昨日も言っただろう？」

「はい。……オルティウス様」

エデルはオルティウスの方に向き直る。彼は柔らかく目を細めて銀糸の髪の毛を指先に絡める。彼のもう片方の腕はエデルの背中にしっかりと回されている。エデルは幼子のような無防備さで夫に身も心も預けていた。

オルティウスは髪に触れるだけでは満足できないとばかりにエデルの瞼や唇へ指先を移動させていく。

そっと瞳を閉じると口付けが降ってきた。ころんと仰向けに倒されたのと、寝室の扉が控えめに叩かれたのが同時だった。

「早いな」

オルティウスが残念そうな声を出した。

王の目覚めと共に宮殿は動き出す。入室した女官から蜂蜜湯を手渡され、エデルはこくりと二口ほど飲んだ。エデル好みの甘さに加減されたそれが胃の中に落ちると、体がじんわりと温まる。

再びオルティウスと身を繋げるようになってから、いくらかの日が経っていた。

その彼の顔から甘さが抜けていき、王の表情へ移り変わる瞬間をこっそり眺めるのが最近のエデルのお気に入りだ。身に纏う空気がぴりりと引き締まり、さらに精悍さが増すのだ。毎日うっとり見惚れているのは彼には内緒のこと。

互いに朝の支度を整え、朝食会場に入ると、オルティウスはすでに着席し侍従長から本日の予定を告げられている最中だった。

通常の執務に加え、軍の訓練、各会議、視察、面会など、王は多忙を極める。

だから、エデルがオルティウスを独占できる時間は少ない。

エデルに気が付くと彼は侍従長との会話を止め、目を細めた。

朝食は、彼と二人で過ごすことができる貴重な時間だ。テーブルの上にはパンやスープ、卵料理に腸詰め肉などが盛られている。

「今日はリンテの稽古に付き合う日だったか。あれはおまえにわがままを言って困らせてはいないか？」

「リンテ殿下は元気いっぱいでとても愛らしいのですよ。わたしにも懐いてくれて、とても嬉しいです」

リンテの稽古の最中、エデルは近くで刺繍や読書をしている。予定が合えばミルテアが同じ席に着き、刺繍を教えてくれる。オストロムの伝統的な図柄を習っているのだ。

「いつか、陛下の袖飾りをわたしが縫いたいです」

「楽しみにしている」

夫のために刺繍を施すのは妻の役目でもある。自分の縫った物を彼が身に着けてくれたら、と考えると胸がほわほわした。エデルは最近刺繍の練習に余念がない。

「ほら、もっと食べろ」

オルティウスがエデルの皿の上にパンを置いた。干しブドウが入ったそれは最近好んで食べているものだ。エデルの好みを把握してくれているのだと思えば嬉しくなる。

嫁いできた頃よりもだいぶ食べるようになってきたエデルだが、彼に言わせるとまだまだそう。出される食事はどれも美味しいので、つい食べ過ぎてしまう。そのため、太ってしまうと幻滅されそうで怖くもある。お腹と二の腕のお肉はぷにぷにしてくるのに、胸が大きくならないのはどういうわけなのだろうか。すこし納得がいかない。

「レゼクネ宮殿へ出発する日が近づいてきましたね。リンテ殿下とも、一緒にお散歩をすると約束しているんです」

もう間もなく夏の休暇が始まる。といっても、重臣たちもそろって移動するため、社交場所が離宮に移動するだけなのだが。

「リンテ殿下はレゼクネ宮殿で馬を走らせるのを楽しみにしているのです。わたしもリースナーを見せてもらいましたが、とても賢くて澄んだ目をしていました」

「……よく母上が許したな」

無意識の呟きだったのだろう。それはどこか苦しさを孕んでいた。

「両殿下とも乗馬はとてもお上手だと聞き及んでいますよ」

「ああ。そうだな。ルベルムも最近は特に乗馬と武芸の稽古に励んでいると聞いている」

オルティウスが先ほど見せた感情の揺らぎを消し返事をした。エデルは少々引っかかりながらも、あえて言及せずに会話を続ける。

「ルベルム殿下はわたしにオストロムのことをたくさん教えてくれるのです。小さな先生のようです」

オストロム語を習い始めたエデルのよき先生でもある。双子から子供用の物語集を借りて読書しながら、この国の伝承などを学んだりもしている。

「ずいぶんと仲良くなっているんだな」

「ルベルム殿下は小さな紳士なのですよ。最初にお会いした時、殿下はわたしのことを雪の精霊のようだとおっしゃったのです」

十二歳の少年の少々気取った褒め言葉。言われ慣れておらず面食らったが、ルベルムはエデルと仲良くなりたいと意思表示をしてくれた。その心も嬉しかった。

「あいつがか」

「はい。わたし、そのように言われるのが初めてでびっくりしてしまいました」

「俺だって」

「え……？」

「俺だっておまえのことは白百合のように美しいと思っている」

「……っ」

真面目な顔をしてオルティウスがとんでもないことを言うものだから、エデルの顔が瞬く間に赤く染まっていく。きっと林檎以上に赤くなっているに違いない。

「その瞳も、水晶のようにきれいだと思っている」

エデルは呼吸の仕方を忘れてしまった。はくはくと口を動かしてどうにか空気を取り込む。

「あ、あの……。わたしも……陛下の瞳……好きです」

何か返したくて、やっとの思いで言い切った。

すると、彼は虚をつかれたように一瞬黙り込み、頬杖をついてエデルから視線を逸らした。エデル自身、大胆な台詞を口にし、照れてしまい俯いた。だから気が付かなかった。オルティウスの耳が赤く染まっていたことに。

第三章

一

王都ルクスから馬車で一日ほど離れた、森と丘に囲まれた田舎に建つのがレゼクネ宮殿だ。ルクスを見下ろす丘の上に建つイプスニカ城に比べると、いくぶんこぢんまりとしたこの離宮は、毎年夏になると王族を迎え一気ににぎやかになる。

短い休暇の期間、政務から解放されたオルティウスは晴れ晴れとした顔付きをしている。

エデルはイプスニカ城にいた頃と変わらず、毎晩オルティウスの腕の中で眠っている。とはいえ、毎日夜更かしということもなく、いたって健全な生活だ。

離宮へ到着して三日目の朝。

エデルはオルティウスから朝食前の散歩に誘われた。

侍女のユリエが着替えさせてくれたのはこざっぱりとした散策用の服。丈の長いブラウスの下には見せても良いシュミーズを着て、ブラウスはスカートの上に出して革ベルトで巻いている。スカートの丈は足首よりも短めでふくらはぎがほんの少しだけ見えている。

隣を歩くオルティウスも下級騎士のようにさっぱりとした出で立ちだ。完全にお忍びの格好で、二人は離宮付近の木立を散策する。とはいえ、付かず離れずの距離で互いの護衛騎士が歩いているのだが。

朝のひんやりとした風が心地よく、エデルはとても心穏やかに散歩を楽しんでいた。

子供の頃から毎年この地を訪れているオルティウスは迷いのない足取りでエデルを誘導する。

「あれは、なんていう鳥の鳴き声でしょう」

木立の間からピチチという可愛らしいさえずりが聞こえてくる。

「あれは……アオアトリだろう」

ほら、あそこだとオルティウスが指さす。エデルは彼の示した方向へ視線を向けた。緑に覆われた枝には濃い青色をした鳥が止まっている。羽には白と黒の模様があり、とても愛らしい。

「オルティウス様は博識なのですね」

「このくらい、普通だ」

エデルが微笑むとオルティウスも目を細めた。彼の青い瞳の中に自分が映っている。それだけで胸の鼓動が速くなる。

オルティウスは時折足を止め、子供の頃の思い出話を交えつつエデルを奥へ誘った。

そのまま進むと、たくさんのルビエラの実が群生している場所に出た。

「わぁ……」

美しい光景に感嘆する。

ルビエラは今の時期に赤く色付く果実で、多くの森に群生している。柔らかな果実は甘酸っぱく、子供のおやつとしても馴染みのあるものだ。ジャムやソースに加工することも多い。

エデルはオルティウスから離れて、ルビエラの実が生る枝葉の側へ近付いた。

「今日の午後からルビエラ摘みをするのだろう？　その前におまえを連れてきたかったんだ」

この実は肉料理のソースにも使われる。本日午後、婦人たちが集まりルビエラ摘みが予定されている。明日は男たちが狩りに出るからだ。たくさんの肉料理が並ぶことを前提に、あらかじめルビエラ摘みをするのが、オストロムの昔からの習慣だと聞かされた。

「とってもきれい……。それに、美味しそうです」

深紅の果実は大人の親指ほどの大きさで、つやつやに光り宝石のように美しい。

「俺も昔はガリューらとよくつまみ食いをした」

オルティウスがルビエラを摘み取り、ほこりを払いエデルに食べさせてくれる。彼のこの行為にすっかり慣れてしまったエデルはそのままルビエラの実を咀嚼する。噛むときゅっと甘酸っぱい果汁が口の中に広がった。

「美味しいです」

エデルはふわりと相好を崩した。

するとオルティウスが屈みこむ。そっと唇が触れて、すぐに離れていった。

「俺はこっちのほうが美味しく感じる」

「！」

触れるだけの口付けはすぐに離れてしまった。不意打ちのそれに胸がいっぱいになる。二人の視線が絡まった。ふわりと優しい風がエデルの髪の毛を持ち上げる。銀色の細い髪がさわさわと揺れていく。くすぐったく顔にかかるそれをオルティウスが丁寧に払った。

オルティウスが物足りないとばかりにエデルの頬を撫で、目じりに唇を寄せた。

エデルにとってこれは、生まれて初めての恋だった。

その逞しい胸の中で眠ることも、こうして他愛もない触れ合いをすることも、一緒に食事をすることも、彼に与えられるもの全てが愛おしい。

この気持ちに名前を付けることが怖かった。けれど、オルティウスを想う気持ちは日増しに強くなっていくばかりだった。

再びオルティウスがエデルの唇を塞いだ。戯れのようなそれを見守るのは群生するルビエラだけ。このままでは朝から体の内に沸き起こる熱を持て余すことになってしまう。

「あ、あの……。あちらのルビエラも食べ頃のようです」

エデルはさっとオルティウスから離れた。頬がとても熱くて、どうにかして冷ましたい。

「そうだな」

オルティウスがエデルに気が付かれないようにそっと息を吐いた。体内に溜まった熱を吐き出すかのような仕草だった。

「少し土産に持って帰るか」

「はい」

元の調子に戻った二人は一緒にルビエラ摘みを楽しんだ。エデルは時折オルティウスにルビエラを食べさせてもらった。

「そろそろ戻る頃合いか」

「朝食、楽しみですね。ヤギの乳も卵もどれも新鮮で、とても美味しいです」

「それはよかった。明日は特別に大きな獲物を仕留めるから楽しみにしていろ」

「はい」

レゼクネ宮殿近くには牧場があり、毎日新鮮な食材が届けられる。特に乳製品は絶品で、中でもヨーグルトがとても気に入った。

明日の狩りといえば、とエデルはふと思い出す。

リンテがオパーラたちに初めて剣稽古をつけてもらった日の会話だ。ルベルムは明日の狩りに参加をしたがっていた。しかしミルテアが反対した。オルティウスは、明らかに彼女に対して遠慮をしていた。

エデルは隣を歩くオルティウスをそっと見上げた。気になっていることはもう一つある。彼と双子たちの仲が少々堅苦しいように思えるからだ。

兄妹(きょうだい)といえど無条件で仲がよいなどということは理想でしかないと分かっている。

エデルは半分しか血の繋がりのない兄と姉に虐げられて育ってきた。

けれど、オルティウスたちは年が離れているとはいえ、同じ母から生まれた仲である。

ああも他人行儀になるものだろうか。

それに、ミルテアは実の息子をずっと「陛下」と呼んでいる。

「どうした？」

「い、いえ……」

エデルはぱっと視線を前に据えた。

オルティウスはエデルにたくさんの優しさをくれた。政略結婚の相手を気遣えるのだから、家族の情だって持ち合わせているはずだ。だから迷っている。親子の間に漂う何かについて、自分が尋ねてもいいのだろうかと。

「最近、何か悩んでいるだろう」

「そのようなことは……」

どこまで深入りをしていいのか分からなくて、エデルは答えに窮してしまう。

「陛下、ご機嫌麗しゅう」

艶やかな声が割って入ったのはそんな時だった。

前方から若い娘が日傘を片手に歩いてきた。マイオーシカである。彼女もレゼクネ宮殿に滞在している。黒い髪は一部をりぼんで結い、残りは背中に流してある。楽な出で立ちのエデルとは違い、彼女は胸周りが広く開いた衣服を身に着けている。

「レシウス嬢も散歩か」

オルティウスが即座に王としての顔をつくった。

「陛下が朝の散策に出ていらっしゃるとお伺いしましたの。わたくしも是非ご一緒に、と思いまして。レゼクネ宮殿の周辺はとてものんびりとして気持ちのよいところですもの。案内をしてほしいですわ」

オルティウスが醸し出す威圧感に臆することなく、マイオーシカは嫣然とした笑みを浮かべた。大貴族の娘として幼い頃から不自由なく育てられたのだろう。堂々とした立ち居振る舞いは、彼女の方が王妃にも思えてしまう。

マイオーシカはオルティウスの隣にいるエデルには一度も視線を向けることはなかった。怯みそうになるが、自分の心を鼓舞する。彼の隣に在るのに相応しくありたい。

「あいにく散歩は終了だ」

「でしたら離宮までご一緒させてくださいな。ねえ、よろしいでしょう妃殿下」

この段になってマイオーシカは初めてエデルに顔を向けた。

「え、ええ」

エデルはなし崩し的に了承した。その結果、三人横並びで離宮へ戻ることになる。

「わたくし、王妃殿下のよいお話し相手になれると思いますのよ。妃殿下はこちらにお越しになられて、まだ日も浅いでしょう。乗馬やお茶のお相手もできますわ」

マイオーシカは相変わらずオルティウスの方ばかり見ている。その彼女がエデルの話し相手に立候補する。彼女がオルティウスに心を寄せていることは一目瞭然である。

先日の舞踏会での会話がなくても分かる。彼女の表情と声音がそれを如実に物語っている。

「もちろん、陛下へも誠心誠意お仕えする所存ですわ。わたくしはレシウス家の娘ですもの。父と陛下の間に良好な縁を結べれば、わたくしも嬉しいですわ」

「私はレシウス卿と仲たがいをした覚えはないのだが」

オルティウスの声に少しだけ硬質さが加わった。

マイオーシカは笑みを深めた。

「けれども……父は憂慮しているのですわ。陛下がゼルスの姫君にお心を奪われすぎやしないかと。臣下の憂いを晴らすのも陛下の勤めですわ」

「私たちの婚姻は国同士の和平が絡んだもの。妻を大切に扱うのは当然のことだろう」

「……出過ぎた言葉でしたわ。陛下」

オルティウスが険のある声を出すとマイオーシカは静かに謝罪した。その後は当たり障りのない話題に移った。離宮の周りの景色や食べ物、それから明日の狩りのこと。たくさんの言葉でオルティウスの関心を引こうとする。

一方、エデルはそれどころではなかった。

オルティウスがエデルに優しくすることをよく思わない人間がいる。そのことが胸をぐさりと突き刺した。

翌日も快晴だった。

男たちは自慢の愛馬にまたがり、森へ駆け出していく。

エデルは他の貴族婦人らと共に見送った。オルティウスも今日は早朝からそわそわし、朝食もそこそこに愛馬の元へと向かってしまった。そこかしこで繰り出される女たちの会話から、他の参加者も皆似たようなものであることが察せられた。

見送りの後は、離宮の前庭に張られた天幕に移動し、お茶会と相成った。

「今年はどなたが一番の大物を狩るのかしら」「昨年は大層大きな鹿が獲れたのでしょう」「陛下はとても気合が入っておられましたわね」などという声が風に乗ってエデルの耳に届いた。

ミルテアも姿を見せ、両隣にはリンテとルベルムもいる。

「そういえば、ルベルム殿下は狩りに参加されないのですわね」「陛下は十の年には参加されていたのでしょう？」「王太后殿下は少々過保護に過ぎますわね」

この場に残されたルベルムを認めた婦人らの囁きが聞こえてきた。

エデルがじっと見つめていると視線に気が付いたのかルベルムと目が合った。彼はほんの少しだけ口の端を持ち上げた。無理して作ったかのような微笑みだった。

エデルは先ほどの狩りの参加者たちを思い起こした。重臣の中には子息を同伴している者もいた。十代中頃と思しき少年の姿もあった。

「妃殿下、ここは太陽の日が当たりますから、あちらへ移動されては？」

「あ、はい。そうですね。お気遣いありがとうございます。ヴィオス様」

ぼんやり佇んでいると、留守番役のヴィオスがそっと声を掛けてきた。

いつの間にやら人々はそれぞれ輪をつくり、天幕や離宮のサロンへ移動していた。

　エデルは案内されるまま離宮の中へ戻った。外に面した大きなガラス戸が開け放たれ開放的だ。着席するなりユリエがよく冷えた飲み物を運んでくれた。ルビエラのシロップを水で割ったものだ。

「ヴィオス様は狩りには参加しないのですか？」

「私は昔からどうにも苦手なのですよ。ガリューに笑われるので最近はもっぱら留守番役です」

　ヴィオスはエデルの話し相手をしてくれるようで、近くに着席した。

「皆さま仲がよろしいのですね」

「腐れ縁というものですよ。私の父は宰相の任を仰せつかっておりますので、自然と陛下と近しくなりました」

「陛下は小さな頃はどのようなお方だったのでしょうか」

「今と同じくお強い方でしたよ。陛下は王太子として厳しい教育を受けてお育ちになりました。毎日勉強と剣の稽古に励んでおられました」

　ヴィオスは少しだけ目を細めた。在りし日を思い出しているのかもしれない。

　エデルにとってオルティウスは出会った頃から、あのたくましい体躯を持った今の彼だ。幼い頃の彼を想像してみても、今一つピンと来ない。

「努力家だったのですね」

「そうですね。前陛下の意向で、ミルテア王太后殿下から離され、厳しい教育を施されていました」

「王太后殿下から？」

「ええ」

ヴィオスがそっと目を伏せた。

小さな頃から王太子として見込まれ、母から離されて育ってきたというオルティウス。だから母子の間には何か見えない壁のようなものがあるのだろうか。

エデルはヴィオスの存在も忘れて黙り込む。

「妃殿下はお変わりないですか。何かお心に障るようなことはございませんか」

「え……？」

ヴィオスの問いかけに、エデルは意識を浮上させる。彼の声は静かだ。まるでさざ波の立たない湖の水のよう。

「結婚されて数か月。こちらの生活に慣れてきた半面、手の届かないむず痒さが生じる時期なのではないかと」

「あ、あの。陛下が何かおっしゃっていましたか？」

「いいえ。ただこのような機会でもないと妃殿下とゆっくり話すこともないでしょう」

「それも、そうですね」

「普段はオルティウス様がエデル様を独占していますから」

ヴィオスの顔に笑みが浮かんだ。呼び方が砕けたものに変わったということは、ここからは単にオルティウスの友として、エデルの話し相手になってくれるということなのだろう。そっと周りを窺うと、皆それぞれ会話に興じている。

だからだろうか。エデルは気になっていたことを尋ねてみようと思った。

「ルベルム殿下は、狩りには参加をされないのですか？」

ヴィオスは目をぱちくりとさせた。そういう方向に話が向かうとは思っていなかったようだ。

「オルティウス様はまだ早いと判断されたようです」

「そう……ですか」

「なにか、気になることでも？」

「わたしはこの国に来て日が浅いので、浅慮なことを口にします。ルベルム殿下は狩りに参加をされたがっていましたので、せっかくの機会なのではないかと」

「オルティウス様は十の年の頃には前陛下の意向で夏の狩りに参加されていました。ちなみに私もその時がデビューだったのですが。……なかなかに大変なものでした」

大勢の大人たちに交じって馬を操り、獲物を狙い弓を射る。森番の笛の声と犬の鳴き声にびくりとして、それが馬にも伝わり大変な一日だったと、ヴィオスは苦笑しながら当時の思い出を語った。

「ですからオルティウス様はルベルム殿下のことを考えられて、今年はまだ早いと思われたのですよ」

十歳で狩りへ連れ出されたオルティウスはそれだけ前王の期待が高かったということだ。彼の側近として育てられたヴィオスやガリューはそれに付き合う形で同じ年、狩りに初参加した。

「ルベルム殿下は確かに狩りへの参加に意欲を示されておられました。そのことはオルティウス様もきちんと理解しておられますよ」

「わたし、恥ずかしいことを口にしてしまいましたね」

「いいえ。心の中に疑問を留め置くことなく口にし、様々な意見を耳に入れることも大切です。王妃という立場は多くの人と接する機会がございましょう。人の数だけ考え方も多岐にわたります。ですから多くの人と対話をすることは大切ですよ」

ヴィオスの言葉は胸に染み入った。人がいる分だけ意見があるということ。それぞれに考えがあり、そのことを理解することが大切なのだ。

エデルは昨日の自分を恥じた。レシウス卿には彼の考えがあり、娘をオルティウスの元へ遣わそうとしている。ただ傷付いているだけでは彼の隣に立つことはできない。きっとこれからも打ちのめされることはたくさんあるに違いない。エデルはもっと強くなりたいと思った。

「ヴィオス様。これからもわたしに色々なことを教えてください」

「もちろんですよ、エデル様」

エデルはふわりと微笑んだ。


その日、オルティウスを筆頭に男たちはたくさんの獲物を持ち帰った。

一番の大物を仕留めたのはオルティウスで、離宮の前で出迎えた女たちは男たちの腕を褒め讃えた。

二番手はアルトゥールが名代として寄越した男だった。彼もまた一流の狩りの腕前を持ち、婦人たちはさすがはアルトゥール殿下の側近だと口々に言い合った。

エデルは王妃としてオルティウスの前に進み出て膝を折った。夫の勇猛さを讃えると彼はまんざらでもなさそうに笑顔を浮かべた。

その晩は盛大な宴が催され、大きな食卓の上に狩猟の成果が並べられた。

人々は、女たちが摘んだルビエラの実で作られたソースとよく合う肉料理に舌鼓を打ち、その後男たちは夜更けまで興奮冷めやらぬ様子で酒を酌み交わし合った。

狩りの翌日は、盛大な宴の後ということもあり、離宮全体に少々気だるげな空気が流れていた。

エデルはミルテアからお茶の席に誘われていたため、約束の時間に合わせて彼女の元を訪れた。オルティウスは昨晩、男たちと夜更けまで酒を飲んでいたため、エデルは先に床についた。ミルテアも健康的な時間に眠っているのか、特に目の下に隈を作っている様子もない。

「夏の休暇といっても、こうも人が多くては気が休まらないこともあるでしょう」

ミルテアは薄荷を混ぜたお茶を用意していた。外はあいにくの曇り空だが、お茶はすっきりとした味わいで、気分を清涼にさせてくれる。

「いいえ。とてもにぎやかで楽しいです」

休暇を楽しむことが初めての経験で、大変なこともあるが充実しているともいえる。

エデルは昨日の狩りを話題に出す。

「オルティウス様は昨日の狩りでとても大きな鹿を仕留められましたね」

「……ええ。陛下は……昔から体を動かすのが得意で、夫がとても期待を寄せていました」

「ヴィオス様もおっしゃっていました。オルティウス様は小さな頃から剣の稽古に励んでおられたと」

「そうですね。陛下は皆の期待を背負い、見事立派な国王にご成長されました」

ミルテアはそれきり黙り込んでしまう。

彼女が息子を語る口調はやはりどこかよそよそしい。これ以上オルティウスの話題を出すことはやめた方がいいのかもしれない。二人の間にあるわだかまりをどうにかしたいと考えたのだが、そのように思うことが余計なお世話なのかもしれない。

「わたくしも……政略結婚でした」

「え……？」

ミルテアの唐突な告白に、エデルは目を瞬いた。

「当時、わたくしの故国とオストロムの間にも少し緊張が走っていました。わたくしも、あなたと同じように両国の緊張緩和のために嫁いできたのですよ」

どうして彼女は今この話をするのだろう。エデルはじっと目の前の義母を見つめる。

彼女は感情が乗らない顔のまま、再び口を開く。

「わたくしがオストロムへ嫁ぐ時、母は言いました。これからは、祖国のためではなくオストロム人である夫に誠心誠意お仕えし、オストロムの人間として暮らしなさいと。わたくしの父や重臣たちは母のこの言葉は知りません。わたくしは、母の言葉を胸に抱いて、決して故国を贔屓(ひいき)せずに過ごしました」

政略結婚で嫁いでくる娘は故郷と嫁ぎ先との間で難しい立場に立たされる。

故郷への利を優先すると自国の臣下の反発を招いてしまう。それは自身への不信を招くとともに、子供にも伝播してしまう。ミルテアの母は出立前の娘に、これからは嫁ぎ先で産み育てることになる子供の将来を考えて暮らしなさいと説いたという。

「けれども結局わたくしが産んだ最初の子である陛下を、わたくし自ら育てることは叶いませんでした。夫と、当時の重臣たちが厭うたのです。仕方のないことでした」

ミルテアの故国では王妃も王太子の教育に携わるのが通例だったと続けた。しかし、彼女は赤ん坊を取り上げられた。オルティウスは夫と義理の母が選んだ乳母と教育係によって育てられることになった。

「わたくしが陛下と触れ合う時間はとても短いものでした。常に誰かしらが側に付いていて、親子の時間というものをあまり取ることはできませんでした」

それは独り言のようにも聞こえた。寂し気な声に、エデルは胸を痛めた。

ミルテアはオルティウスのことを愛していないわけではない。ただ、意図せず開いてしまった距離をどうやって近付けていいのか分からないのかもしれない。

「それに……」

「え……？」

ミルテアはさらに何かを言いかけたが、すぐに口を閉ざしてしまった。彼女は唇を引き結び、庭園の方へ視線をやった。植物を見ているのではない。もっと遠くの、今ではないどこかを見つめているのだとエデルは感じた。

「少し……つまらない話を聞かせてしまいましたね」

「そんなことはありません。わたしは、どんなことでもいいので、皆様のお話を聞きたいです」

もっとたくさん知りたいと思った。エデルにとてもよくしてくれる人たちのことを理解して力になりたいのだ。

「ありがとう。わたくしにも……聞かせてほしいのです。今の、陛下の話を。わたくしの知らない陛下をあなたから、聞いてみたいのです」

「わたしでよければ、たくさんお話しさせていただきます」

「ありがとう」

ミルテアの顔に微笑みが浮かび上がる。それを見て、胸が熱くなった。

いつの間にかカップの中のお茶が冷たくなっていた。王妃付きの侍女がエデルとミルテアのカップを新しいものに取り換えた。花模様の陶器製のそれの中に温かなお茶が新たに注がれた。

湯気が立ち上がり、先ほどとは違う香りが鼻腔をくすぐる。

エデルは躊躇いなくカップのお茶を口に含んだ。

それから、少しして。

エデルはがくんとその場に崩れ落ちた。

二

エデルに毒が盛られた。

その報せを聞いたオルティウスはすぐにエデルの元へ走った。

王太后ミルテアとの茶の席での凶事だった。

寝台の上に横たわったエデルは青白い顔の上に玉のような汗を浮かべている。意識はなく弱々しい呼吸を繰り返すのみ。その姿にオルティウスは打ちのめされた。

苦し気な呼吸を繰り返す妻を前に、彼女をこのような目に遭わせた犯人に対する怒りに支配される。一体誰の企みか。とてもではないが、許せそうもない。

「エデル……」

居ても立っても居られずに、侍女から布を奪い取り、彼女の額の汗をぬぐってやる。瞼は固く閉じられたまま。水晶のように美しい紫色の瞳がオルティウスを見つめることもない。

オルティウスはしばらくの間エデルに付き添った。今の己にできることは少ない。せいぜい傍らに添い、彼女の汗を拭いてやったり口元に水分を持っていくことくらいだ。

侍従長から控えめに退出を促され、側近たちが待機する部屋へ入るなり、オルティウスは壁を叩いた。

「どうしてこういうことになった！」

感情の制御が利かずに声を荒らげるとヴィオスが「陛下」と小さな声でたしなめた。

この場には侍医や近衛騎士の姿もある。

昔からこういう時に冷静さを失わないのがヴィオスだ。

「現在茶会に関わった者全員を一時拘束しております」

ヴィオスが言うと、次に侍医が口を開く。

「王妃殿下が崩れ落ちた瞬間、騎士が即座に反応し胃の中のものを吐き出させました。パティエンス女騎士団は毒への処置もきちんと学んでおりますから、初動が早かったことが功を奏しました」

「エデルは助かるのか？」

侍医が沈痛な顔のまま目を伏せた。

「毒は強いものが使われておりましたが、毒消しをすぐに飲ませました。あとは王妃殿下の体力次第でございます」

結局オルティウスは祈ることしかできない。

エデルが毒に倒れた後、女騎士たちの動作は機敏だった。彼女を抱え起こし、胃の中身を全部吐き出させた。躊躇(ちゅうちょ)なくエデルの口の中に指を突っ込み、水を飲ませ、再び指を突っ込む。その後騎士は毒の種類に当たりをつけ、携行する毒消しをエデルに飲ませた。

「大丈夫です。妃殿下は最近食も太くなられ、体力もついてきました」

ヴィオスの励ましにオルティウスはぎこちなく頷いた。

嫁いできた頃に比べ、エデルは健康的な体付きになってきた。食事量も増え、頬もふっくらし、血色もよくなった。だから大丈夫だとオルティウスは己に言い聞かせる。

「犯人の目星はついているのか?」

「現在捜査中です」

「バーネット夫人はすでにゼルスに引き渡した後だ。まさか彼女の意に沿う者が残っていたのか」

「それはないでしょう」

エデルに害をなそうとした人物で、真っ先に思い浮かべたのが先頃ゼルスへ国外追放となったバーネット夫人である。彼女は二か国間の取り決めにより、すでにオストロムを出立していた。そろそろ、かの国へ到着している頃合いだ。

彼女の引き渡しに当たって、オストロム側は色々条件を付け加えてやったのだが、意外なことにゼルスはそれら全てを認めた。特にロース河の治水権についてはもっと揉めるかと思っていたのだが、ゼルスの書簡には全てオストロムの案に従うと書かれていた。

「……そうだな。あの女はずっと牢に入れられていた。エデルを手に掛けようとするなら、もっと前にことを起こすはずだ」

短期間のうちにバーネット夫人がイプスニカ城内で協力者を作れたとも考えられない。

「……だとしたら」

オルティウスはもう一人、ある人物を思い浮かべた。

「その可能性は限りなくございません、陛下」

「しかし」

外から短く扉が叩かれたのち、ガリューが合流し、口を開く。

「王太后殿下は自主的に蟄居されましたよ」

「どういうことだ」

「王太后殿下は今回の事態に心を痛めておられます。そして犯人捜査の際にはオルティウス様のお心に従うと表明されました」

ガリューの持ってきた報告を聞いたオルティウスは、己の心を見透かされたような気持ちになった。

バーネット夫人の差し金ではないのなら誰が、と考えた時。たくさんの可能性の中のうちの一つとして、オルティウスは実の母を頭の中に思い浮かべた。

「陛下。ミルテア王太后殿下はエデル様を害そうなどと考えてはおりません」

ヴィオスが控えめに言い添えた。

オルティウスは己の浅慮に、息を長く吐き出した。

「まずは背後関係を洗います」

聞き込みや情報収集はガリューの得意とするところだ。オルティウスは彼を見送った。

エデルが倒れたことにより、レゼクネ宮殿は騒然となった。

捜査にはオルティウスの側近と近衛騎士隊配下の内偵隊が当たることになり、離宮に仕える全ての使用人たちの身元が洗われることになった。

＊

エデルが目覚めると、まず見慣れない天蓋が視界に入った。ここはどこだろう、と考えて、レゼクネ宮殿の寝室だと理解する。

（わたし……たしか……お茶を飲んで）

ぼんやりとしながら、意識を失う直前の出来事を思い出していると、にわかに周囲が騒がしくなった。すぐに侍医が訪れ、診察と状況説明がなされた。

それによると、エデルは毒を盛られたとのこと。昨日の昼過ぎに倒れて丸一日眠っていたのだと教えられた。昨晩は熱にうなされていたが、今は平熱に戻っている。

（オパーラたちのおかげね。あとでお礼を言わないと）

彼女たちの迅速な処置のおかげで大事に至らずに済んだとは、侍医の言である。

エデルの意識が戻ったことはすぐにオルティウスに知らされた。

ゆっくり水を飲んでいると、いささか大きな音と共に部屋の扉が開いた。急いた様相で入ってきたのはオルティウスだ。

「目が覚めたのか、エデル」

「……陛下」

エデルの隣にやってきて膝をついた彼は、生きていることを確かめるように両頬を手のひらで包み込んだ。剣を持つことに慣れた硬い感触はエデルがよく知る彼のもの。温かなそれについ頬を押し付けてしまう。

それも束の間で、次の瞬間にはエデルはオルティウスの胸の中に引き寄せられていた。

「おまえが目覚めてくれて、本当によかった」

絞り出すようなオルティウスの声音に心がきゅっと震えた。彼の手のひらが何度もエデルの背中を滑っていく。

「ご心配をおかけして、申し訳ございません」

「エデルが謝ることではないだろう。悪いのは卑劣な手段を講じた犯人だ」

「……捕まったのですか？」

「現在尋問をしている最中だ」

「……そう……なのですね」

「俺は、心臓が止まるかと思った」

「え……」

抱きしめられたままの状態で、エデルは彼が落とす言葉を拾っていく。

「愛しく思っているおまえを失うかと思うと、気が狂いそうでたまらなかった」

彼は一度エデルを離し、顔を覗き込むように視線を合わせてきた。そして流れるように手を取り、甲に口付けを落としていく。

（オルティウス様、今わたしのことを……！）

彼の口から出た「愛しく」の部分に分かりやすく反応した。瞬時に顔に熱が灯り、耳まで真っ赤になってしまう。

エデルが固まったまま、はくはくと口を少しだけ動かしていると、それに気が付いたオルティウスが再び真正面から顔を覗き込む。

「顔が赤い。それに少し熱いような……。熱が出たのか？」

「い、いえ」

ほんの少し声が裏返ってしまう。

「しかし、顔が真っ赤だ。念のために薬を飲んだ方がいいかもしれない」

エデルは咄嗟（とっさ）にぷるぷると顔を左右に振った。顔が熱いのも赤いのも挙動不審なのも、原因は分かっている。彼の言葉に翻弄されっぱなしだ。

「いえ。わたしの顔が赤いのは……その……陛下の……お言葉が……」

口付ける寸前のように近しい距離でエデルは喘いだ。部屋の中には女官もいるのに、これ以上何て言えばいいのだろう。

「俺の言葉？」

一方のオルティウスは心当たりなどまるでないかのように、片眉を器用に持ち上げた。

(だって、あんな風におっしゃるだなんて)

何の飾りもなく愛しくなどと言われたのだ。その言葉が嬉しくて顔を赤くしているのだと説明することが恥ずかしい。

沈黙していると、その様子を見かねたのかヤニシーク夫人が口を挟んできた。

「恐れながら陛下。妃殿下は陛下の愛のお言葉に照れていらっしゃるのですわ」

女官長の的確な言葉にエデルは感謝した。しかし、このやり取りを第三者に見聞きされているのかと思うと、別の意味で逃げ出したくなる。

一方のオルティウスは女官長の助言に、まさかと腕の中のエデルの様子を見やった。

エデルは顔を赤くしたまま目を伏せた。この近しい距離では自分の気持ちはただ洩れではないかと思ってしまう。顔に熱が集まっている状態なのだ。

「そういえば、あまり自分の気持ちを伝えてはいなかったな」

オルティウスはエデルの頬を優しく撫でた。

「愛している、エデル。政略結婚だが、おまえが妃になってくれてよかったと思っている」

「オルティウス様」

その声に導かれるようにエデルは顔を上げた。互いの瞳が交錯する。

「おまえがいなくなることを想像しただけで、俺の心臓は焼き切れそうになった。本当に、目覚めてくれてよかった」

彼の瞳の中に今、エデルが映っている。恋しい相手から愛の言葉を貰い、呼吸することを忘れてしまう。気持ちを寄せる相手から同じものを返してもらえることの幸福が体を満たしていく。

「エデル」

切なげに名前を呼ばれ、胸の奥が締め付けられる。オルティウスの顔がゆっくりと近付いてくる。このまま彼に何もかも委ねてしまいたい。そう考えたところで大切なことを思い出した。

「あ、あの。王太后殿下は今いかがなさっているのですか？」

オルティウスの動きがぴたりと止まった。

エデルが倒れたのはミルテアとの茶会の最中だった。犯人として疑われるのは、おそらくあの場にいた者たち。

「王太后は現在蟄居している」

「蟄居……」

「おまえを弑する意思はないということと全てを俺に、王である私に任せるという意思表示だ。……王太后に仕える下級侍女がおまえに毒を盛ったと吐いた」

「そんな！」

エデルは大きな声を出した。その拍子にくらりと体が傾いだ。まだ本調子でないのに、たくさんのことが起こり許容オーバーしたのだ。

「陛下。王太后殿下は無実でございます」

エデルは必死に訴えた。

「それを決めるのはおまえではない。現在ヴィオスたちが調べている」

オルティウスは少し突き放すような色の声を出した。

「陛下。……オルティウス様」

「今は安静にしていろ」

オルティウスがエデルを寝台の上に横たえる。

エデルはなおも視線で訴えた。彼の瞳をじっと見上げる。一方の彼は、先ほどの甘さを消し去り王の顔に戻っていた。

(いいえ。ミルテア様がわたしを害するはずがない。だって、たくさんの話をしてくれたもの。オルティウス様のことを想っている、大切な存在だと、そういう顔だった)

ミルテアと交流した回数は少ない。けれども、彼女はどこか寂しそうだった。

それに同じく政略結婚で嫁いできたエデルに過去をさらけ出し、助言をくれたのだと、そう感じた。

自分と同じ立場のエデルを気遣ってくれた。我が子を手元に置いておくことが叶わなかったと目に寂寥(せきりょう)を浮かべていた。

あのような顔をする女性が、息子の妻を害するはずがない。

「また後ほど、様子を見に来る。今は養生していろ」

オルティウスはそう言うと、部屋を出て行った。

翌日さらに体は軽くなり、朝食のミルク粥もぺろりと平らげた。

（わたしは……オルティウス様のことを知りたい）

目覚めてからずっと寝台の中にいたため、考える時間だけはたくさんあった。

夏の休暇の、どこか浮足立った空気は完全に消えてしまっていた。オルティウスは側近たちと共に王妃毒殺計画の背後関係を洗っている。

エデルはヤニシーク夫人を呼んだ。

「レイニーク様ですか？」

「はい。ヴィオス様と面会したいのです。お忙しいのは十分に承知していますが、ほんの少しの時間でもよいので、時間を融通していただけないかと、伝言をしてほしいのです」

ヤニシーク夫人はエデルの希望を聞いた当初、困惑気に数秒返事を遅らせたが、迅速に動いてくれた。もちろん、病み上がりなのだから面会するにしても短期間だと念押しも忘れなかったのだが。

事前の約束もなく、多忙なヴィオスが捕まるか不安がよぎったが、彼の従者が持ってきた返事は色よいもので、エデルはひとまずホッとした。

今回エデルは初めて誰かのことを深く知りたいと考えた。そう思ったのはオルティウスだからだ。これは大きな変化だった。大切な相手だから、踏み込みたいと思った。

だがオルティウスに、ミルテアとの間に立つ見えない壁のようなものについて尋ねるのはとても不安だった。人には誰だって深入りしてほしくないことがある。

エデルはミルテアが毒を盛った犯人だとは思っていないし、オルティウスにも実の母を疑ってほしくない。しかし彼は客観的な言い回しでエデルの主張をやんわりと拒絶した。

エデルは彼が優しい青年であることを知っている。だから、ミルテアとの仲だって、何かのきっかけがあれば変わると信じている。

面会の場は寝室から少し離れた小部屋で行われることになった。

「エデル様。あまり無理をなさいますとオルティウス様が心配しますよ」

約束の時間に現れたヴィオスは、開口一番にエデルの体を気遣う発言をした。

「皆さん大げさですが、わたしは元気なのですよ」

エデルは気丈に微笑んだが、実際顔色は平素よりも若干白いままだ。

二人は向かい合う形で着席している。ここにきて、エデルは緊張していた。それもそうだ。オルティウスに内緒で、彼の側近に過去を尋ねるのだ。

「お忙しい中、お時間を作ってくださりありがとうございました。今日の用件は……その、陛下の過去にまつわることなのですが……」

言葉の最後は消え入るようになってしまった。

「オルティウス様の過去とは？」

「陛下と王太后殿下の間には……何か、見えない壁のようなものを感じるのです。互いによそよそしい空気を纏っておられるように思うのです」

エデルは膝の上に置いた手にぎゅっと力を込めて、正面を見据えた。

「エデル様から見られて、それは気になるほどのものだと？」

ヴィオスがエデルに向ける視線は静かだった。感情を読ませないそれに、エデルはごくりと息を呑み下した。

「……はい。わたしは、お二人の間に何があったのか知りたく思いました。それで、その、わたしが陛下のお心に踏み込むことは迷惑ではないでしょうか？」

「それは誰にとっての迷惑、ということでしょうか」

「……陛下です」

エデルは恐れていた。いくら夫とはいえ、他人の心を不躾に暴いていいものなのか。そしてその結果、オルティウスに嫌われてしまうのではないかと。おまえには関係のないことだと斬り捨てられる可能性もある。好きな人の心を知りたくはあるが、恋とは人を臆病にする。

「エデル様は、オルティウス様に過去を問いただしたい。しかし、それを行うことによって嫌われてしまうのではないかと心配をしている。そういうことでよろしいでしょうか」

「……はい」

端的にまとめられてしまうと、自分はどれだけ意気地がないのだろうと居たたまれなくなった。もじもじし始めたエデルの態度に感じるものがあったのだろう。ヴィオスが「オルティウス様のことが好きなのですね」と指摘した。その声は存外に柔らかかった。

「はい。あの……陛下のことをお慕いしております」

だからだろうか、あっさりと心の奥の言葉が漏れてしまう。まだオルティウスにだって伝えていないのに。

無遠慮に扉が開いたのはそんな時だった。

「陛下……」

入室してきたのはオルティウスで、扉の方に顔を向けたエデルは目を丸くした。

彼は一直線にエデルの元へとやってきて、身をかがめ顔を覗き込んだ。

「まだ本調子ではないのだろう。短時間とはいえ……。ヴィオス、エデルは病み上がりなんだ。呼びつけるにしても明日でよいだろう」

「違います。わたしがヴィオス様に面会をお願いしたのです」

「エデルが？」

オルティウスは少々驚いたような声を出しながら、二人の顔を交互に見やった。

「エデル様はオルティウス様と王太后殿下のわだかまりを感じ取っておられます。お慕いする夫君のお心を知りたいと願うことによって、嫌われないかととても気を揉んでおられるのですよ」

ヴィオスはさらりとエデルの心まで暴露した。

エデルは口をぽかんと開けた後、急にあたふたしだす。

「ヴィオス様……あ、あのそれは……」

「なにか？」

「い、いえ……」

彼はどうしてエデルが慌てふためき始めたのか、とんと理解できないらしい。不思議そうに見返されて、何て返していいのか分からなくなってしまった。

「おまえはそんなことでヴィオスと会っていたのか」

「申し訳ございません。出過ぎた真似をした自覚ならあります」

エデルの隣に着席したオルティウスの声は平素よりも硬かった。

「いや。おまえが謝る必要はない……」

それきりオルティウスは黙り込んでしまった。

エデルはいよいよ彼の機嫌を損ねたのだと、背筋を凍り付かせた。

「エデル様と添い遂げるのであれば、きちんとお話ししておくべきことだと思いますよ。あなた様と王太后殿下の間に何があったのか。そしてあなた様のお心も」

「……分かっている」

助け舟なのだろうか、ヴィオスが静かに口を挟めば、オルティウスは短く返事をしたが、再び沈黙してしまう。

ヴィオスはやれやれといった顔を作った後、部屋の空気を変えるかのように、緊張を孕んだ声を出した。

「私からも報告が」

「分かったのか」

「エデル様に毒を入れたと供述した王太后殿下の下級侍女の件で進展が」

「エデルが毒で倒れた直後から挙動不審だったのだろう？　あの場に関わった者たち全員を拘束した中で一番に動揺していたと聞いているが」

少し長い話になるらしい。オルティウスはエデルに小声で「俺にもたれかかっていろ」と言いながら、背中に腕を回した。

ヴィオスの手前少々躊躇ってしまったが、夕方近い時間の今疲れを感じていたため、素直に従った。

「下級侍女を問い詰めると泣き始めて取り調べどころではなくなりました。供述も要領を得なかったため、イプスニカ城へ早馬を飛ばして彼女の身元を洗いました」

女官の指示で茶の種類が替えられる際、件の下級侍女はエデルの使用予定のカップにのみあらかじめ毒を塗った。

イプスニカ城へ走った人間は、女がミルテアの侍女になった経緯や家族構成、交友関係などを一日で洗った。

結果浮かび上がったのは意外な人物だった。

「現在私の父がレシウス卿を拘束するために動いています」

「なんだと？」

オルティウスが目を見開いた。

エデルも驚き、息を吸い込んだ。

「エデル様が毒に倒れられた時、オルティウス様の狼狽ぶりを見たレシウス卿は周囲に漏らしていました。あれしきのことで陛下はいささか慌て過ぎだと。そして、卿は私の元にも来られた。妃殿下の容体について、陛下は大げさではないかと苦言を呈された。まるで最初から盛られた毒が大したことないと分かっているような口ぶりでした」

「大したことないだと⁉　下手をしたらエデルは死んでいたかもしれないんだぞ！」

オルティウスの怒気を孕んだ声が部屋の空気をびりびりと揺さぶる。

「ええ。もちろんです。パティエンス女騎士団の処置がなければ今もまだ、エデル様は目覚めていなかったかもしれません」

冷静なヴィオスの声にエデルは改めて自身が相当に危うい状況だったことを理解した。

「しかし、レシウス卿は逆でした。皆がエデル様の容体の重さについて深刻になっているのに、彼だけはエデル様の容体を軽視しておりました。そして、件の侍女は口を震わせながら証言しました。あんなにも強い毒だなんて聞いていないと。ただ少し体調を崩すだけだと聞いていたと」

「何が言いたい？」

「ことは単純な話ではないのかもしれません」

ヴィオスは毒を盛った実行犯の女がレシウス卿の遠縁で、彼に借りがあり、そこにつけ込まれたようだと続けた。調査官が持ち帰った情報によると、レシウス卿の従者と侍女がこそこそ話しているのを目撃した人間がいたとのことだ。

「単純な話だろう。レシウス卿は娘を俺の元へ侍らそうとしていた」

「それは周知のことですから、まあ動機はそうなのでしょう。取り調べをしてみないことには憶測になりますが」

レシウス卿の取り調べに同席すると、ヴィオスは続けた。

事態が動いたことで、オルティウスとゆっくり話をしている場合ではなくなってしまった。これから彼も忙しくなるだろう。

「エデル様、今日のところは申し訳ございませんが、これで失礼します。けれど私からもオルティウス様に発破をかけますので、もしもその後何もなかった場合はお知らせください。私からご説明差し上げます」

「エデルには俺からきちんと話す」

オルティウスが割って入った。

「ではそのようになさってください」

「……正直あまりいい話ではないが」

「細君に己の弱みを見せてこその夫婦というものですよ」

「おまえ、まだそんな相手などいないだろう」

「私の父の言にございます」

ということはオストロムの宰相の言葉だ。

どこか気安いやりとりに、エデルはこんな時だけれど和んでしまう。

「……どんな俺でも、嫌わないでくれるか？」

その声と表情は王ではなく、どこにでもいる青年のようにも思えた。

「もちろんです！　わたしの方こそ、陛下のお心を知りたいなどと大それたことを考えてしまい、申し訳――」

オルティウスがエデルの唇を指で押さえた。

「俺のことだから、おまえは知りたいと思ってくれた。自惚れてもいいか？」

エデルはこくこくと頷いた。すると、彼の瞳が柔和に細められた。

「近いうちに、きちんと話すと約束をする」

「ありがとうございます」

「まだ顔色が悪い。今日はもう休め」

オルティウスがエデルをさらりと抱き上げ部屋へ送ってくれた。去り際、彼はふわりと口付けを落としていった。

三

夏の休暇は慌ただしく終わった。

王命を受けた家臣の懸命な捜査の甲斐もあり、事件の全容が明らかになった。

王妃へ毒を盛った主犯はレシウス卿だった。重臣の暴挙に人々は驚き、また納得もした。彼が娘を王妃に望み、それが叶わなくなってからは愛妾にしたがっていたことは周知の事実だったからだ。

エデルはオルティウスの隣でヴィオスから話を聞いている。

「実行犯の侍女曰く、レシウス卿から託されたのはただの腹下しの薬だったと」

ただの腹下しの薬を混ぜたはずなのに生死の境をさまよった王妃に対して、実行役の侍女は大変に取り乱した。だが、素直に自白もした。

　レシウス卿の使者から渡された薬は、数日床に伏せるだけの軽いものだという触れ込みだった。弱みに付け込まれた女は、罪悪感はあったが彼には逆らえなかった。良心が咎めたが少々の体調不良なら、と自らに言い聞かせ薬をカップに塗った。

　一方のレシウス卿の供述も似たようなものだった。

　娘のマイオーシカに興味を向けられないことに焦った彼は、少しの間王から王妃を遠ざけようと画策した。王妃が体調を崩せば、しばらく伽はなしになる。若い王なのだから、貧相な体付きの王妃よりマイオーシカに分があるのは自明の理。一度娘に食らいつけばすぐに王も娘の魅力に気が付くはず。

　そのような理由でエデルに薬を使ったとレシウス卿は供述した。用意した薬は猛毒ではない。むしろ王妃の方が大げさなのではないかとも。

「ですから私は父上の承諾を取り、押収した薬をレシウス卿に見せ、そこまで言うのであれば、貴殿が飲んで確かめてみては、と言いました」

　エデルはごくりとつばを飲み込んだ。彼は感情を見せずに淡々と事実のみを口にしている。この要領でレシウス卿にも迫ったのだろう。

　そして、後に引けなくなったのか、レシウス卿は差し出された薬を自ら呷（あお）った。腹下しの薬ならば、大したこともないと自ら証明してみせるかのように。

「結果レシウス卿はその場で倒れました。さすがに死なれては困るので、エデル様がパティエンスの騎士から施されたものと同じように部下に対処させましたし、用意してあった解毒剤も飲ませました」

イプスニカ城最奥の部屋の寝台の上で目を覚ましたレシウス卿は驚愕に瞳を震わせた。違う。この薬ではない。これは何かの間違いだ。いや、違う。自分めは決してエデル妃殿下を弑そうとしたわけではない。彼は必死に弁明を繰り返した。

「最初に申しておきますが、レシウス卿を極刑にすることはできません」

おそらくは貴人用の監獄に終身その身をゆだねることになるだろうと、ヴィオスは続けた。

「わたしは……その……」

殺されかけたのは事実だ。それでもエデルは自分に関わった人間が死ぬのを恐ろしく感じた。

「レシウス卿は前王の時代から仕える忠臣でもあり、そして大きな発言力をお持ちでした。今回のことで彼の勢力を削ぎたいと狙う一派からは強硬論も飛び出ましたが……宰相は慎重にことを進めております」

室内にはヴィオスの静かな声だけが響く。先ほどからオルティウスは一切口を挟まない。

「それで……その。どのようにされるのですか？」

「レシウス卿の持つ領地の三分の一を王家が接収。レシウス家の当主である卿には、その座を退いていただきます。新しい当主は彼の息子ではなく一族の誰かになるでしょう。二人の娘については他国へ嫁していただきます」

「ここでレシウス卿の力を削いでおく。臣下の手綱を握れているかと問われれば、まだ怪しいものがあると認めざるを得ない。今回の事件の一因もここにある。レシウス卿は野心を持ち、俺に対しての発言力を強めるために、娘をあてがおうとした」

ここで初めてオルティウスが口を開いた。彼は表情こそ変えていないが、悔しさを感じているのだろう。膝の上で握られたこぶしに一瞬力が入った。

「娘二人の嫁ぎ先は現在ガリューを含む数人が選定しております。国の修道院へ入れるよりも物理的に距離と国を跨いだ方がよいとの判断でございます」

「それは……どういう？」

「マイオーシカ嬢は陛下を憎からず想っております。このまま国内の修道院に送ると、折に触れてお二人の噂が耳に届くでしょう。自身の境遇を嘆き悲しみ、要らぬ恨みを募らせる恐れもございます。それであれば、他国へ嫁がせた方が新しい生活に掛かりきりになり、故国を思い出すことも少なくなるのではないかと、ガリューが意見しました」

側近たちはさまざまな角度から物事を見ている。だが、マイオーシカにとってそれは厳しい処分になるだろう。

マイオーシカの心の有りかを知りながら、エデルは今回の決定に意見することができない。個人の感情を優先させてはいけないことは理解しているが、それでも恋を知った身だ。割り切れない思いが胸の奥に生じてしまうのも事実だった。

「マイオーシカ嬢はどちらへ行かれるのですか？」

「おそらく王太后殿下の故国へ送ることになるでしょう。妹君は別の国へ」

そうなると易々とオストロムへは戻って来られなくなる。実質的な追放も同じだった。

彼女たちの夫になる人間が心穏やかな人物であることを祈らずにはいられない。

「報告は以上でございます。次の面会まで時間がございますので、オルティウス様はこのままこちらでエデル様とお過ごしになられてはいかがでしょうか」

ヴィオスはそう言い残し立ち上がった。

ぱたんと扉が閉まる音と共に、二人取り残される。この時間に彼との時間を持てることは珍しい。おそらくヴィオスが気を利かせてくれたのだ。

このところオルティウスは今回の事件に掛かり切りになり、エデルが寝付いた後、寝所に戻ってくることが続いていた。

朝食は一緒にとれたが、険しい顔をしている彼を煩わせたくはなくて、当たり障りのない会話しかしていなかった。

だから今、エデルは少なからず緊張していた。

「あ、あの」

「どうした？」

「レシウス卿が犯人なのであれば……わたしがミルテア王太后殿下のところへ訪ねても……よろしいのですよね」

夫に意見するのはとても勇気がいった。彼に駄目だと言われても、今回はエデルも譲らないと考えている。ミルテアは無実だ。それは絶対に間違いない。

「……その話をまだしていなかったな」

オルティウスの声は存外に優しかった。どこか観念したように、少しだけ困ったような顔をしている。それは王でなく、どこか頼りないただの二十代の青年としてのもの。

自分に素顔を見せてくれているのだと直感する。

「あまり……いい話ではない」

どこか寂し気な声だった。エデルは続きを待った。

「俺には弟がもう一人いた。イェノスという名前で五歳年下だった。生まれつき体が弱かった弟は二番目の子供ということもあり、母上の手元で育てられた。母上は、イェノスを愛していた」

前国王夫妻の四人の子供のうち、イェノスが事故死していることは聞き及んでいた。彼は淡々と昔話を始めた。

彼自身は母から離され、乳母と教育係によって育てられたこと。弟の第二王子は乳を飲む力も弱く、ミルテアのすぐ側で育てられることが決まったこと。

当時、そろそろ六歳に手が届くオルティウスは健康そのもので、元気よく庭を駆け回るような子供だったことも手伝った。

ようやく我が子を手元に置けることが決まり、ミルテアはイェノスを可愛がり過保護すぎるほどにその世話に没頭した。

「俺は……正直に言うとイェノスが少し羨ましかった。母上の関心をいつも引く弟が」

過去を話すオルティウスはどこか懐かしそうに目を細めた。だが、時折彼は、どこか苦しそうに眉を曲げた。

エデルは黙って夫の声に耳を傾ける。

「イェノスは季節の変わり目にはすぐ熱を出す子供だった。けれども、オストロムの王子らしく、成長すると俺の真似をして剣と乗馬を習いたいと言って大層母上を困らせた。最終的には父上が許可を出した。オストロムの男児たるもの多少は体を鍛えようと」

鍛錬の成果もあってか、イェノスは寝付く回数を徐々に減らしていった。

屈託なく兄を慕い剣技を褒めるイェノス。さすがに十代も中頃になると、母を独占する弟に嫉妬することはなくなっていた。どちらかというと畏敬の念を交えたイェノスの視線を浴びることが誇らしく、また純粋に慕ってくる彼が可愛くもあった。

「母上は相変わらずイェノスに過保護すぎるきらいはあったが、俺はたまに彼の剣稽古に付き合ったりしていた。あいつは、いつか俺の役に立ちたいとそんな風に笑っていた」

オルティウスは昔を懐かしむように虚空を見つめた。

エデルは彼をじっと見つめた。とても柔らかな顔をしている。彼はイェノスのことを慈しんでいたのだ。

「あれは、イェノスが十二歳の頃のことだった。あいつは、今年は自分も夏の狩りに参加したいと言い出した。俺が十の年に初参加したことを知っていたからな。しかし、母上が許可しなかった。あいつはとても悔しそうにしていた」

最終決定権は父王にあったが、ミルテアに配慮したのか、その年イェノスの参加は見送られた。

自分も兄のように馬を操り狩りに参加したい。父王に認められたい。いつまでも病弱なままではない。もう十二歳だ。イェノスの主張にオルティウスは共感した。そろそろ弟は騎士見習いとして寄宿する年頃に差しかかっていた。

だからオルティウスは一考した。狩りには参加できなくなったが、遠乗りであれば母もそこまでうるさくは言わないのではないか。親への反発心は彼にも覚えがあった。これは、自立の一歩でもある。それに普段忙しくしているためイェノスにはなかなか構ってやれない。

そういう思いもあり、オルティウスは消沈するイェノスを遠乗りに誘った。二人きりという体だが、そこは王太子と第二王子だ。騎士が何人か随行した。

遠乗り自体は楽しいものだった。レゼクネ宮殿の周辺はのどかな自然が広がり、二人は和気あいあいと乗馬を楽しんだ。

だが、この後悲劇が起きた。

「あの日は雲が多かった。出かけている最中、急激に天候が悪化した。雷雲が広がり、瞬く間に空が暗くなった。ぽつぽつと雨が降り出したかと思ったらすぐに豪雨になった。そして……」

遠くで雷が鳴った。一行はひとまずどこかに身を潜めることにした。レゼクネ宮殿へ戻るには少々時間がかかる。雷雲をやり過ごせば、雨も小降りになるはず。そのような判断だった。

だが、雷は酷くなるばかりだった。馬たちがそわそわし始めた。不安がる馬を落ち着かせようとしたその時、ひときわ大きな雷が近くで鳴り響いた。

「その音に驚いたイェノスの馬が取り乱した。彼は落馬し、打ち所が悪く意識を失った。

宮殿に連れ帰った数刻後、彼は命を落とした。……俺が遠乗りに誘ったせいだ」

「そんな！」

エデルは叫んだ。オルティウスのせいではない。不幸な事故だ。

「いや、俺のせいだ。母上は……ひどく取り乱し俺を糾弾した。俺が遠乗りに誘ったせいでイェノスが死ぬことになったと。弟の亡骸を抱きしめながら大きな声で泣いていた」

オルティウスが何かをこらえるような苦し気な声を出す。きっと当時の情景を思い出しているのだろう。

「俺が死んだ方が母上にとってはよかったのかもしれない。イェノスのことを、母上はそれは大事にしていた。すまない、これではただの嫉妬だな」

エデルはたまらなくなってオルティウスに抱き着いた。彼の悲しみに寄り添いたいと思った。そんな風に考えないでと叫びたかった。涙が溢れて止まらなかった。

「母上は、おそらく今も俺を許してはいないのだろう」

事故直後、ミルテアは人目を憚らず息子を詰った。イェノスを失った彼女を立ち直らせたのはまだ幼かったリンテとルベルムの存在だった。

「そんなこと、ございません。王太后殿下は陛下との接点を探しておいでです」

エデルはオルティウスから体を離し、はっきりと告げた。

口にしてしまったことは取り消せない。オルティウスにとってミルテアのその態度が真実なのだ。

けれど、彼女は後悔している。エデルを通してオルティウスとの接点を探そうとしているように感じた。

「だから、俺は……最初におまえに毒が盛られたとの報せを受けた時、王太后を疑った」

彼女にはオルティウスを恨む理由がある。彼はそう考えたのだという。

オルティウスはミルテアに対して負い目を持っていた。イェノスの悲劇を招いたのは己であると。その怒りの矛先がエデルに向いたのではないか。

母と離され育てられたオルティウスにとって、彼女はどこか遠い存在でもあった。母と会う時は常に乳母や世話役が傍らにいた。ミルテアも幼い息子を前にどこか他人行儀だった。父は息子を甘やかしたが、母は息子との距離の取り方を測りかねていた。

それが二人を隔てる壁の正体でもあった。

「それは絶対にありません」

「どうしてそう言える？」

「ミルテア殿下は陛下のことを、オルティウス様のことを案じておられます。きっと、殿下はオルティウス様との会話のきっかけを探しておられるのです」

「……」

オルティウスは黙り込んだ。

「……オルティウス様がルベルム殿下を今年の狩りにお誘いされなかったのは……その……」

十中八九、イェノスのことが尾を引いているのだろう。

ルベルムは今年十二の年だ。イェノスが亡くなったのと、ちょうど同じ年。神経質になっても仕方はない。

不幸な事故だと思った。予期せぬことだったからこそミルテアは心を乱し、オルティウスに悲しみをぶつけてしまったのだろう。そして彼はずっと罪の意識を背負って生きてきた。

「……再び同じことが起こることを俺は恐れていた。ヴィオスにも言われた。ルベルムの将来を考えるなら、そろそろ狩りに参加させ、騎士見習いとして寄宿させろと」

エデルはオルティウスのこぶしにそっと手を重ねた。

「情けない話をしたな」

オルティウスは息を吐き、椅子の背もたれにもその身を預ける。

「辛(つら)いことを思い出させてしまい、申し訳ございませんでした」

「……いや。おそらく、俺も聞いてもらいたかったのだろう。おまえだから話すことができた」

互いの視線が絡まり合った。

彼の心を知りたいと思った。オルティウスだからこそ、エデルはもっと近付きたいと願ったのだ。

「明日、王太后殿下の元へ参ってもよろしいでしょうか」

「ああ。臣下の中には俺と母上の確執を知っている者もいる。母上の元を訪れてやってくれ」

「オルティウス様も……その、いつか」

「……そうだな。明日時間が取れれば顔を出す」

オルティウスは微笑を浮かべた。

(わたしがお二人の橋渡し役になることはできないかしら)

大それた考えが頭の中に浮かぶ。二人が笑ってくれるなら。そのきっかけを作ることができたらいいなと思ったのだ。

「おまえは強いな」

オルティウスがエデルに腕を伸ばした。銀色の髪の毛を、彼の指が触れていく。

「……いいえ。そんなことはございません。わたしは……少し怖いです。わたしの存在が誰かの運命を変えてしまうこともあるのだと、知りました」

エデルは今回多くのことを知った。自分の命の有無によって人の人生が変わってしまうのだということを学んだ。そしてそれはことを起こした本人以外にも及ぶのだ。

もしも、エデルが命を落としていたらレシウス卿も罪をその命で贖っていただろう。きっとマイオーシカたちの行く末だって大きく変わっていたはずだ。

「俺の側から逃げ出したくなったか？」

「わたしは……オルティウス様のことをお慕いしております。願わくは……このままあなたのお側でお仕えしたいです」

エデルはゆっくりと首を振った。

きっとこの恐怖に慣れることはないだろう。

（それでも……わたしはオルティウス様から離れることなんてできない。だから……わたしはわたしの選択によって生じる責任を負う覚悟を持たなければならない）

頭の中で言葉にすると、それが体中に駆け巡っていくようだった。

王と王妃の元には、様々な思惑を伴い多くの人々が集うだろう。強くならねばいけないのだ。彼との未来を選ぶということはそういうことだ。

オルティウスの隣にいるのだと決めたのはエデル自身だ。

「俺は王だ。全ての責は俺が背負う」

「わたしにも、お手伝いさせてください」

「エデルが隣に居てくれることが何よりだ。……おまえを愛している」

「わたしも……あなたのことが好きです。オルティウス様」

ぽそりとした小さな声は夫に届いたのかどうか。

オルティウスはそっとエデルの顔を上へ向かせた。間近で視線が絡み合い、どちらからともなく顔を寄せ、唇を合わせた。


翌日、エデルはさっそくミルテアの元を訪れることにした。先触れの手紙を出したところ、承諾するとの返事が来た。また、双子たちもエデルに会えることを楽しみにしているらしい。そのように聞かされれば、王城内を移動する足取りも軽やかになるというもの。

歩いていると、意外な人物と出くわした。

「これはこれは王妃殿下。ご機嫌麗しゅう」

「ごきげんよう、アルトゥール殿下」

エデルは笑顔で返事をしつつも少々驚いていた。彼は領地で忙しくしていると思っていたからだ。

「おお、すっかりお元気になられたようですな。なに、毒を盛られたと聞き、驚き急ぎ参上しました」

「お気遣いいただき、ありがとうございます」

「聞きましたぞ。騎士たちの対処が早かったおかげで回復に至ったのだと。さすがはパティエンス女騎士団だ」

アルトゥールはエデルの背後に付き従う騎士たちに目を向けた。彼女たちは丁寧に礼をとった。

「アルトゥール殿下は王城にはどれくらい滞在するのですか？」

「そうですなあ……。あまり長居をするつもりはありませんが、一度くらいは食事に付き合ってもらえると嬉しいですな。可愛い甥の噂はこちらにも届いておりますぞ。仲睦まじいのだとか。いやはや、叔父として嬉しい限りですな」

「ありがとうございます。陛下にはとてもよくしていただいております」

エデルははにかんだ。なんとなく気恥ずかしい。

「どうやら噂は本当のようですな。つい最近までほんの子供だったのに、私も年を取るはずだ」

「もしも、お時間を取れるようでしたら、陛下の幼い日の話をお聞かせいただけますか？」

「もちろんでございます」

アルトゥールは上背もあり少々強面だが、話し方は存外に明るく柔らかい。それに目元がオルティウスに似ていることもあり親しみを抱く。

「ありがとうございます。では是非近いうちに」

エデルは普段よりも饒舌になった。

「叔父上、あまり私の株を下げるようなことはエデルの耳に入れないようにお願いしますよ」

聞き慣れた声にエデルは背後を振り返った。そこには近衛騎士を連れたオルティウスの姿があった。

「おや、これから陛下の元を訪れる予定だったのだが」

「叔父上が登城したとの報告を受けたので、どのような用件かと。ちょうど時間も空いたので迎えに来たのですよ」

「いやなに。エデル妃殿下が毒に倒れられたと聞いてね。見舞いに」

「先日は忙しいとおっしゃっていたのに？」

「王妃殿下に何かあれば一大事だ。おまえにはまだ後継ぎがいない」

「こればかりは授かりものだが、きっとよい報せを届けることができますよ」

「それは楽しみにしているぞ」

男二人が軽妙な会話を続けていく。仲のよい関係にほんわかした。

「エデル、これから母上のところに行くのだろう？　叔父上の相手は私に任せておけ。それから、近いうちに訪れると伝言しておいてくれ」

「はい、陛下」

「ははあ、よほど幼い頃の話をされたくないと見えるな」

アルトゥールが大きな声で笑った。

「さあ、叔父上行きましょうか」

エデルは二人に会釈をしてその場から立ち去った。


エデルを出迎えたのはミルテアと双子たちである。

形式通りの挨拶をしたのち、場所を移動した。

「お義姉様、お体の具合は大丈夫ですか？」

「ええ。すっかり回復したわ、リンテ」

心配そうに見上げる義妹にエデルは微笑んだ。

「さあ、あなたたちは少しの間向こうへ行っていなさい。わたくしは妃殿下とお話があります」

「わたしたちだってお義姉様と会うのは久しぶりなのに」

不満の声を上げつつも、リンテたちは女官に先導され部屋から退出した。

とたんに室内が静まり返る。ミルテアに促され、エデルは彼女と対面する位置に着席した。

女官たちが茶の準備を始める。ミルテアはエデルの前でカップにお湯を注がせ、その湯を隣の陶器製のたらいの中に捨てた。あの事件ではあらかじめカップに毒が塗られていたため、彼女が過剰反応するのは仕方のないことだ。

毒見役が頷いた後、エデルはカップを手に持ち口を付けた。口の中にふわりと茶葉のよい香りが広がった。

「お義母様にもご心配をおかけしました。わたしはすっかり元気になりました」

一呼吸で言い切ると、ミルテアがこちらをじっと見つめてきた。突然に母と呼んでは失礼だっただろうか。心臓がきゅうっと縮こまった。

「回復したのだと聞いて、ホッとしましたわ。エデル」

「あ、あの！　今日はわたし一人なのですが、近いうちにオルティウス様もこちらを訪れると、そうおっしゃっておられました」

ミルテアから、親しく名前で呼ばれたエデルは思わず身を乗り出した。母と呼んだことを彼女は肯定してくれた。そのことが嬉しかった。

何か、胸の奥がとても熱くなったのだ。

「そう、あの子が」

ミルテアが視線を下に向けた。その顔には安堵の色が乗っていて、少しだけ目元が潤んでいるようにも思えた。

「わたくしは……」

持ち上げたカップの中身に視線を落としながらミルテアが呟いた。

「わたくしは……息子に言ってはいけない言葉を吐いてしまいました。どちらもわたくしがお腹を痛めて産んだ子供なのに……」

「イェノス殿下の事故について、陛下から聞きました」

ミルテアは一度エデルに視線を向けて、再びカップを見下ろした。

「わたくしは、自分が楽になるために息子に罪を押し付けてしまいました。酷いことを言ったと後で悔いても、一度口にした言葉は取り消すことはできません」

「誰が悪いわけでもない……不幸な事故だと思いました」

「わたくしは弱い女なのでしょう。いつまでも過去を引きずり、ルベルムにも過保護に接してしまう……。あの子も、もう母の手を離れる年頃だということは分かっているのに」

彼女もまた深い自責の念を持ちながら過ごしてきたのだと感じた。

ミルテアは寂しそうに笑った。彼女自身、いつまでもルベルムを小さな世界に閉じ込めておくことはできないのだと分かっているのだ。だが、イェノスを事故で亡くしているため臆病になってしまうのだろう。

「オルティウス様は必ずお義母様の元を訪れます。その時は……ルベルム殿下への剣の指南をお願いしてみてはいかがでしょうか」

「……それは、ルベルムが喜びますね。ただ、リンテが弟ばかりと拗ねてしまうかもしれないわね」

困った子だわ、とミルテアが苦笑する。

少しずつ距離が縮まっている。彼女が感情を見せ始めていることにエデルは気付いていた。小さな一歩だけれど、ここから自分たちの関係も進めていければいい。

「では、リンテ殿下はわたしと一緒にライアーハープの練習をするというのはどうでしょうか」

「少しはおしとやかになってくれるかしら」

「元気なリンテ殿下もわたしは大好きです」

「あれはお転婆が過ぎるというのですよ。少しはエデルを見習ってほしいです」

二人はどちらからともなく微笑み合った。

穏やかな時間が過ぎていく。お茶を一杯飲み干したところで、勢いよく扉が開いた。

「もうわたしたちも一緒してもいい？」

待ちきれないとばかりにリンテが元気よく近寄ってくる。

「リンテ。部屋を突然に開けるものではないといつも言っているでしょう。それになんなのですか、入室の許可を取りもしないで」

ミルテアが母の顔になり、眉を吊り上げる。

「それはごめんなさい。でも、わたしだってお義姉様のことが心配だったのよ。ねえ、ルベルム。って、あなたも入ってきなさいよ。わたしをけしかけたのはルベルムでしょう」

リンテは顔を背後に向けて弟に文句を言った。ミルテアが額に手をやり、長い溜息を吐いた。エデルはつい笑ってしまう。にぎやかなひと時がとても愛おしい。きっと近い未来、この場にはオルティウスが加わっているに違いない。

「リンテたちにも怖い思いをさせてしまったわね」

「ううん。わたしは王家の娘だもの。怖くはないわ」

身近な人間が毒を盛られたことに怯えていないか心配していたのだが、リンテは気丈に答えた。彼女の方がよほど肝が据わっている。

「本当に？　リンテ結構青い顔していたよ」

「もう！　ルベルムのばか！　そういうことは内緒にしておくのよ」

弟の暴露にリンテが爆発した。分かりやすく頰を膨らませているところが愛らしい。

自分も、彼女たちともっと親しくなりたい。家族になりたい。

「リンテ、わたしはもうすっかり元気だから、また一緒に遊びましょうね」

「ほんとう!? ……ですか、お義姉様」

目を輝かせたリンテだったが、すぐに母の冷気を感じたらしい。即座に言い直した。

ようやく日常が戻ってきた。

「ええ、もちろん。リンテ」

エデルが微笑むと、リンテも釣られて笑った。とてもいい笑顔だと思った。

四

ある噂がまことしやかに流れ始めた。それは、王太后ミルテアこそが王妃エデルツィーアに毒を盛った真犯人だというもの。レシウス卿はただ利用されたにすぎない。ミルテアは手元で育てた第三王子ルベルムを王位につけようと画策している。王妃が懐妊すると面倒なことになる。ならばさっさと排除してしまえばいい。

また、国王オルティウスは王太后ミルテアを長年厭わしく思い、彼女の操り人形であるルベルムを幽閉しようとしている。

前王弟アルトゥールは国王一家に漂う不穏さを案じ、急ぎ城へ馳せ参じた。

(なるほど。陳腐な筋書きだが、逆に説得力があるな)

噂の広がり方からしても、誰かが意図的に流したものと見て間違いないだろう。ということは、すでにミルテアの耳にも入っている可能性がある。

ガリューの助言を受けたオルティウスはエデルを双子たちの元へ遣わした。三人の仲が良好だということを廷臣たちに見せつけるためだ。エデルは今頃中庭で双子たちにライアーハープの演奏を聞かせているはずだ。

幸いにもエデルにはこの噂は届いていなかった。ヤニシーク夫人が情報統制を施したからだ。

(だが、おそらく近いうちにエデルも知ることになるだろうな。いや、報せなければならない)

オルティウスは王太后の元へ向かっていた。

彼女は完全に丸腰で息子を待っていた。室内は人払いがされていた。オルティウスも近衛騎士たちに控えの間に留まるよう命じた。

「国王陛下におかれましては、ご尊顔を拝しまして恐悦至極に存じます」

ミルテアはゆっくりとした所作で息子の前で膝を折った。美しい礼は国王を完全に敬うためのものである。

「ルベルムをしばらくの間、私の監視下に置く」

オルティウスが母への挨拶もなしに本題を切り出すと、彼女の顔から血の気が引いた。

「……まずは話をしよう」

「ええ」

二人の間に流れるのは息苦しいほどの沈黙。オルティウスは迷った。覚悟を決めてきたのだが、長年のしこりについて話すのは存外に勇気がいった。

エデルがここにいれば流れる空気も違うのだろうが、夫として情けない姿を見せたくはない。それに、今は目立つ行動を避けたい思いもあった。

「わたくしは、自分の弱さによってあなたを傷つけました。今更、何を言っても遅いのでしょう。けれど……わたくしにとって、あなたも大切な息子です」

オルティウスが言い淀んでいると、ミルテアが先に口火を切った。その頬は青白く、強張ったままだ。

「イェノスが亡くなったのは、あなたのせいではありません」

「だが、私が遠乗りに誘わなければあの事故は起こらなかった」

「あの子はあなたを慕っていました。強くて剣の扱いが上手なのだと。あの子は、イェノスはまるで自分のことのように誇らしげに話していました。あの年、最初にあの子を落胆させたのはわたくしです」

　ミルテアが自嘲するかのように口元を歪めた。目にはうっすらと涙が浮かんでいる。この人はこんなにも小さな体をしていただろうか。そんなことを感じた。

「あなたはただ弟を励まそうとしてくれただけなのに。わたくしは、弱さゆえにあなたに酷い感情をぶつけてしまった。あなたが悪いのではないのに、腹を痛めて産んだ我が子に、残酷な言葉を浴びせてしまった。後から悔いても遅いというのに、わたくしは愚かな母です」

　ミルテアの頬をいくつもの雫が伝っていく。その様子をじっと見つめていると、様々な感情が蘇った。子供の頃感じた寂しさや弟に対するわずかな嫉妬。

　だからだろうか。本音がぽろりと口から滑り落ちる。

「私は……、母上はイェノスの代わりに私がいなくなればよかったのではないかと、ずっとそう思っていた」

「そのように思ったことなど一度もありません。わたくしはあなたのこともずっと大切に想ってきました。生まれたあなたをこの腕に抱いた時、わたくしがどれほどの幸福感に包まれたことか……」

　願わくば、わたくしの手であなたを育てたかった。そう母が続けた時、オルティウスの胸の中に温かなものが宿った。おそらく、小さな頃の己は母からその言葉が聞きたかったのだ。

ずっと母に負い目を感じていた。彼女からイェノスを取り上げてしまったというそれはオルティウスの中に残り、必要以上によそよそしい態度を取るようになっていた。

彼女は今こんなにも近くにいる。それに気付かせてくれたのはエデルだ。

いつの間にか王妃と王の仮面が取り払われていた。ここにいるのは、どこにでもいる普通の家族だ。母と息子の対話だ。

「これからは、もっと互いに交流を持ちたいと思う。たくさん話しをしよう、母上」

「ありがとう……オルティウス」

手巾を取り出したミルテアは目の端をぬぐった。嬉しそうに微笑する顔が美しいと思った。

「私の態度がおそらく周囲に伝わっていたのだろう。それが今回のような隙を作ってしまった」

オルティウスは一転して王の顔に戻った。これから王として伝えなければならないことがある。

ミルテアも即座に表情を引き締めた。彼女もことの重大さに気が付いているのだ。

「わたくしは誓ってエデルツィーア王妃殿下に毒など盛ってはおりません」

オルティウスは母の言葉にしっかりと頷いた。

「わたくしとルベルムはあなたを押しのけて王位を手にしようなどとは考えておりません。宮廷内の声を静めたいというのであれば、ルベルムから王位継承権を剥奪してください」

「王位継承権の剥奪はしない。しかし、このままではルベルムの命が危ない」

「それはどういう……」

「この噂を流したのはアルトゥール殿下だ」

「一体どうしてそのような……」

さすがのミルテアも絶句するしかないのだろう。言葉が途中で千切れた。

「レシウス卿の身辺を洗った際、ある報告が上がってきた。彼の近くを叔父上の息がかかった人物がうろちょろしていた。レシウス卿は王都ルクス内でもぐりの薬師の元へ通っていた。エデルに盛る薬を調達するためだった。だが、その薬師は叔父上の息がかかっていた」

ミルテアは微動だにせずに説明を聞いている。

オルティウスは続けた。レシウス卿は微弱の毒を手に入れた。体調不良だと周囲に思わせるような、ほんの数日間床に伏せるくらいの毒だ。しかし、薬師は効能を偽り、彼により強いものを差し出した。

叔父はレシウス卿の野心を利用し、労せずエデルを害そうとした。これから起こすことを考えれば、王の子を孕んでいる可能性のある女は先に退けておいた方が都合がいい。

「叔父上がこの間まで戦をしていたヴェシュエと度を越えた範囲で交渉し始めたのが春を過ぎたあたりのことだった」

アルトゥールの領地はオストロムの南東端であるチェレゴラ地方。ヴェシュエとの国境に面した土地である。前王は弟にある程度の信を置いて土地の管理と国境の守りを託していた。

現在オルティウスは近衛騎士配下の部隊にアルトゥールを見張らせている。

そして摑んだのが……。

「叔父上は噂を利用して、兄弟の仲裁という体を成して私を殺そうとしてくるはずだ。私が消えればあとはルベルムだが、おそらく頃合いを見て消されるだろう」

王位を狙う者にとって一番邪魔な存在は同じく継承権を有する人間だ。ルベルムはまだ幼く、政に参加するには現実的ではないが、アルトゥールに不満を持つ人間が担ぎ上げる可能性があるし、ミルテアへの人質としても有効だ。だがいつまでも生かしておくのはリスクにしかならない。となれば内々に消されるだろう。

ミルテアは王家に嫁いだ女として気丈な態度でオルティウスの話を受け止めている。

「叔父上がどう動くのか、正直読めない。私の詰めの甘さが原因だ。身内を疑うのは、兼なものだな」

オルティウスは現在多くの可能性を考えている。その中には彼が隣国ヴェシュエと何らかの密約を交わしたというものもある。彼はわざわざ登城した。おそらく近日中に行動を起こすはずだ。

「ルベルムはしばらく私の監視下で匿う」

「あの子を守ってあげてちょうだい。わたくしは、あなたを信じます」

「私を信じてくれて助かる」

オルティウスが安堵の息を吐くとミルテアが「あなたはわたくしの息子だもの」と答えた。


それからの行動は迅速に行われた。

ミルテアと会談した当日中にルベルムはイプスニカ城から姿を消した。表向きには噂を危うんだオルティウスがミルテアからルベルムを引き離したということになっている。

ルベルムは速やかに王が用意した隔離場所に移された。ルクスから馬車で半日ほどの距離にあるロスマニカ男子修道院である。

その翌日のこと、オルティウスは執務室で近衛騎士から報告を受けていた。

「ルベルムを襲った連中の腕のほどは？」

「それなりに手練れでございました。さすがはアルトゥール殿下の子飼いです」

「全員殺したのか？」

「一人だけ生かしました」

「口を割ったか？」

「いいえ。何も」

騎士は首を横に振る。

「アルトゥールに繋がりそうなものは？」

「いいえ」

予想通りではあった。何とも周到なことだ。己よりも年を重ねている分、アルトゥールは市井にも詳しいということだ。おそらく拘束した人間も簡単には口を割らないだろう。そのようなことを生業にする人間が世の中に存在することくらいオルティウスも知っている。

今のままでは証拠不十分なため、叔父を追及することはできない。彼の協力者を洗っている時間もない。人員を割いた途端寝首をかかれる恐れがある。

ルベルムを乗せた馬車には正規の護衛騎士を付かせた。それとは別にオルティウスは近衛騎士直属の下部組織、内偵隊に命を下した。修道院へ向かうルベルムを乗せた馬車を見張り、何かあれば対処せよ、と。それが先ほど交わされた会話である。

「本物のルベルムは無事だろうな？」

「はい。少し緊張しておいでですが、食欲もきちんとございます」

「そうか」

ロスマニカ男子修道院へ向かわせた馬車の中に潜んでいたのは、ルベルムと同じ年頃の見習い騎士だ。

現在、ルベルムはパティエンス女騎士団に忍ばせてある。あの年頃だからこそできる禁じ手。即(すなわ)ち、女の格好をさせ、入団したての娘たちの中に紛れ込ませたのだ。

アルトゥールはルベルムを亡き者にしようと動いた。失敗した今、彼に猶予はない。おそらくは今日か明日にでも。そうオルティウスは睨んでいた。

日が暮れ、夜の闇が深くなっていく。

（ただ待つというのは、苦痛だな）

オルティウス一人だけなら何とでもなるが、今はエデルがいる。彼女が最大の弱みであることをオルティウスは自覚している。

パティエンスの騎士たちはエデルをその命に代えても守るだろうし、女官らは手際よくエデルを逃がすだろうが不安は拭えない。

側近や近衛騎士隊長らとの密談は夜更けまで続いた。城内はいやな静けさに包まれている。廷臣たちも何か察しているのだろう。妙な緊張感が漂っていた。

オルティウスがようやくエデルの元へ帰ると、彼女は続き間で戯れにライアーハープを弾いていた。ぽろん、ぽろんと弦を弾く音が漏れ聞こえる。彼女は暖炉の前の椅子に腰掛けていた。

聞こえてくる旋律は奏でるというよりも、手持ち無沙汰でただいじっているようなものだった。

「エデル」

「オルティウス様」

オルティウスが声を掛けると、エデルが表情を明るくした。柔らかな顔に、強張った心が解きほぐされていくのを感じた。彼女がこちらに向ける清楚な笑みは平素と変わらない。澄んだ瞳が愛おしくて、オルティウスは少しわがままを言ってみたくなった。

「俺のために一曲弾いてくれないか？」

ぴくりと肩が動いた。エデルは顔を瞬時に赤くさせ、恥ずかしそうに視線を彷徨(さまよ)わせる。彼女曰く、まだ練習中とのことで、オルティウスの前では弾いてくれないのだ。

「……まだ、その……」

「しかし、リンテとルベルムはすでにおまえの演奏を聞いたのだろう？　不公平ではないか」

まごうことなき本心を声に乗せると、エデルが「うぅ」と言葉を詰まらせた。困る彼女の顔も可愛いと思うのだから、相当に惚れている。

「駄目か？」

「い、いいえ。……たしかに、オルティウス様のおっしゃる通り、リンテたちに演奏を披露しましたので」

エデルが居住まいを正した。背筋を伸ばし、緊張をほぐすように何度か深呼吸した後、最初の弦を弾いた。

オルティウスは彼女の近くの一人掛けに腰を落とし、音色に耳を傾ける。

しっとりとした音が室内を包んでいく。奏者の人柄を表すような、柔らかで心地のよい音色。彼女の心が音に乗っているのだと、そう感じた。

己のためだけに愛おしい者が曲を聴かせてくれる穏やかなひと時に、荒立っていた心が落ち着いてくる。

オルティウスはしばし瞑目した。彼女は謙遜するが、真面目に練習している成果はきちんと発揮されている。優しい音色に抱かれながら、改めて最愛の妻に思いを馳せる。

ここでオルティウスが負ければ、エデルにも累が及ぶ。敗北すれば彼女もただでは済まない。

実際アルトゥールはレシウス卿を隠れ蓑に、一度エデルを殺そうともくろんだ。

（エデルは必ず俺が守る）

そう誓ったのだ。

「お粗末さまでした」

奏でられたのはオストロムに伝わる民族曲だった。エデルはこの国に馴染もうと努力している。それを改めて感じ取り、オルティウスは瞳を細めた。

「美しい音だった」

「ありがとうございます。けれど……やっぱりまだ間違えてしまうことも多くて」

「そんなことはない。聞いていると心が落ち着く、よい音色だった」

「ありがとうございます、オルティウス様」

オルティウスは両手を広げた。意図を察知したエデルがライアーハープを置いて立ち上がり、膝の上にちょこんと座った。

いつの頃からか、彼女はオルティウスの腕の中で変に緊張するということをしなくなった。今もオルティウスを信頼するように体を寄せてくる。ちょうど己の顎の下あたりにエデルの頭のてっぺんが収まっている。

素直に預けてくる彼女の重みが愛おしい。この腕はおまえだけのものだという意思表示のように背中に腕を回し、空いている方の手を繋ぎ絡める。

「エデル愛している」

「どうしたのですか、急に」

「夫が妻に気持ちを伝えるのに急も何もないだろう？」

「……そうですね」

納得したのかエデルがふわりと微笑んだ。

「おまえは返してくれないのか？」

「わたしも愛しています、オルティウス様」

普段ならここから夫婦のむつみ合いに発展するのだが、今日はそういうわけにもいかない。

「エデル、おそらく叔父上は今日か明日にもことを起こすはずだ」

「覚悟はできております」

パティエンスの騎士たちにより、エデルにもアルトゥールの思惑は伝えられている。報告によると彼女は謀反の疑いを聞かされても、取り乱すことはなかった。

エデルはゆっくり体を起こし、オルティウスを正面から見つめた。紫色の澄んだ瞳が映すのは黒髪の青年。彼女は切なげにまつげを震わせた。

「どうかご無事で」

オルティウスの頬に彼女の細い指が添えられた。彼女の方からそうやって触れてくるのは珍しくもあった。

「安心しろ。私は王だ。負けるわけがない」

「……はい。オルティウス様」

エデルはゆっくり頷いた後、オルティウスの首筋に頭を埋めた。

＊

その後、夜の闇がさらに色を濃くした頃、それは起こった。

本当は怖くてたまらなかった。アルトゥールの造反を聞かされた時はまさかと思った。最後まで間違いであってほしいと願った。

しかし、エデルのすぐ隣にいるオルティウスの鋭い眼差しは、城に異変が起こったのだということを如実に表していた。

窓の外にうっすらと灯りが見える。炎だ。おそらくは松明だろう、それが動いている。

「オルティウス様」

かろうじて彼にだけ聞こえるかという声量で囁くと、視線をエデルに落としたオルティウスが小さく顎を引く。

ライアーハープを弾き終わり彼と二、三話した後「少し眠っておけ」と言われたが、緊迫感に包まれた中ではとても眠気など降りてこなかった。

その時、夫婦の寝室の扉が叩かれた。オルティウスが剣を手に持ち立ち上がった。入室してきたのは近衛騎士隊長だった。

「叔父上が行動を起こしたか」

オルティウスの声は淡々としていた。その中にどんな感情が渦巻いているのか、エデルには読み取ることができなかった。

オルティウスもエデルも平素の衣服のままだ。いや、オルティウスは騎士装束でエデルは暗い色の飾り気のない、城の侍女や下働きの女が身に着けるようなものを纏っている。そのまま部屋を出て途中でオパーラらと合流する。ヤニシーク夫人がエデルの頭の上から頭巾を被せた。その中に白銀の髪を押しこめた。

皆、一言も話さない。布ずれの音がやけに大きく耳に届いた。

彼はこれから謀反者、アルトゥールを迎え撃つ。

「おまえはパティエンスの騎士たちの誘導に従え」

「オルティウス様。どうぞ、ご無事で」

「俺は負けない。おまえも無事でいろ」

短く抱擁を交わして、エデルはオパーラたちに先導されオルティウスとは別の方向へ歩き始めた。途中隠し通路のような狭い通路をいくつか抜け、外に出た。

篝火の数が平時よりも多い。男たちの叫び声がエデルの耳にも届いた。

不穏な噂をヤニシーク夫人から聞かされてからまだ幾日も経過していない。今だって、これが現実なのか信じ切れていない自分がいる。

「妃殿下、こちらへ。まずはパティエンス女騎士団本部へ」

「はい」

暗闇の中でもオパーラたち騎士の足取りには迷いがない。広いイプスニカ城内を彼女たちは知り尽くしている。エデルは足手まといにならないよう、必死になってついていった。

「アルトゥール殿下に引き込まれた貴族もいる模様ですが、心配いりません。王が逆賊を弑すれば片が付きます」

エデルの隣を並走するクレシダが声を掛けてきた。どうやら相当に悲惨な顔付きをしていたらしい。心を強く持たなくてはいけない。エデルは唇を噛みしめた。

「女だ！　女がいたぞ！」

「今度こそ、本物だろうな？」

パティエンス女騎士団の建物へと続く道へ出たその時、前方に影が躍り出た。男の声だった。それも複数。オパーラたちが即座に剣を抜いた。

（今度こそ？）

その言葉の意味を考えている余裕はなかった。男たちが切りかかってきたからだ。金属音が鳴り響き、耳をつんざくような不快な音が夜の静寂を破っていった。

「姉ちゃん、やるなあ！」

男の一人が笛を吹いた。仲間を呼ぶ気だと気が付いたオパーラが即座にその男の喉元めがけて剣を突き刺した。

「くそっ！」

男は寸前で躱した。別の男がオパーラを狙う。彼女がそれを剣で弾いた。

男たちは皆手練れであることが見てとれた。今、エデルを守る女騎士は七人。一方の男たちは五人。男たちの増援がたどり着く前に逃げなければならない。

こちらの手勢が多いとはいえ、エデルを守りながらの戦いはどうしても防御に力を割くことになる。結果、男たちの勢いに押され、剣を打ち合う最中一人の騎士が倒され、エデルは悲鳴を上げるのを必死になって飲み込んだ。彼女たちの顔に焦燥が浮かびだす。

「妃殿下、お逃げください」

じりじりと追い詰められている。だが、ここで二手に分かれることは危険だった。

極限の中での選択を迫られているその時、別の方向から何かが飛んできた。

「なんだ⁉」

男たちの一人が叫んだ。暗闇の中、矢が地面に突き刺さる。続けて数本放たれ、その先端が燃えていた。

「火矢か、どこの誰だ⁉」

女騎士たちが矢の出どころを探ろうと、顔をあちこちに向けた。

「なんだ、これは」

「おい、どこの手勢だ!?」

「こんなもの、聞いていないぞ!」

男たちも口々に叫んだ。驚くのも無理はなかった。突如としてもくもくと煙が上がり始めたのだ。

「気を付けろ! 煙幕が仕込まれている!」

クレシダが叫んだ。

突然のことにエデルは動揺した。火薬のような匂いがしたかと思ったら、あっという間に視界が塞がれていった。

「妃殿下、煙を吸い込んでは駄目です!」

オパーラの声が聞こえた。けれどもすでに遅かった。敵味方関係なくあたりには煙が立ち込めていた。

視界を塞がれ、一気に焦燥感が増した。袖口で口元を覆ったが、すでに煙を吸い込んでいた。くらりと上半身が揺れた。あたりに苦悶の声が上がり始める。男たちと女騎士のものだ。

(だ、駄目……体が……し、びれる……)

がくりと膝をついたとき、誰かに支えられた気がした。しかしそれを確かめるすべもなく、エデルは意識を失った。

五

「叔父上、このような夜更けに訪問とは。礼儀がなっていませんよ」

「なに、可愛い甥の顔を拝みに来るのに、時間など関係ないであろう？」

オルティウスが皮肉気に頬を歪めれば、アルトゥールもまた面白そうに口の端を持ち上げた。彼の後ろには武器を持つ男たち。

二人とも剣を手にしていた。イプスニカ城内で、男たちはそれぞれの陣営に分かれ対峙していた。

アルトゥールはオルティスを前に不敵に笑った。そして、持っていた剣を構える。

「さて、おまえから王の座を奪うとしようか。そのためにここに来た」

「理由を、とお願いしてもよろしいか？」

オルティウスは静かに尋ねた。できれば、肉親同士で争いたくはなかった。幼い頃の思い出が頭に蘇る。今よりも若い叔父の背中を追いかけて、剣技も馬術も磨いた。

「私も王の子として生まれた。そして、強さも兼ね備えている。私が王位を欲してもなんら不思議ではあるまい？　資格があるのなら、手を伸ばす。それだけのことだ」

アルトゥールが自信たっぷりに言い放った。纏う衣服は返り血で汚れていた。

「なるほど。あなたらしい考えだ」

「ああ。私も王家の男だ。それなら、王の座を欲するのも道理というもの」

にやりと笑ったアルトゥールから先に仕掛けてきた。

（この剣に勝てるのか、俺は）

受け止めた剣は重たかった。彼は本気だった。オルティウスを殺すための剣を繰り出す。オルティウスだとてそれは同じ。ここで余計な手加減をすれば即座に急所を突かれる。これは命を懸けた戦いだった。

両陣営の頭が命を懸けた戦いを繰り広げる中、他の者たちもそれぞれ敵を倒さんと切りかかった。怒号と金属音が暗い城内に響き渡った。

「少しは強くなったか？　オルティウス」

「ええ、もちろん」

軽口を叩きながらも、お互いに一瞬の隙も見せない。アルトゥールは正確にオルティウスの首元を狙い、突きを繰り出してきた。

オルティウスは寸前で避けて、アルトゥールの懐を狙う。

両者共、剣の腕は互角だった。どちらが一方的にいたぶっているというわけでもなく、時間だけが消耗していく。隙のなさにオルティウスは焦りを滲(にじ)ませる。

(駄目だ。冷静になれ。隙を与えてしまう)

アルトゥールが大きく剣を振り仰いだ。

オルティウスはそれを受け流す。強い衝撃が腕に走った。

アルトゥールが素早く攻撃型を変える。切っ先がオルティウスの腕を払う。切られた感触に眉を顰めたが、すぐに反撃に打って出る。

剣戟(けんげき)は五分と五分。このままでは消耗戦に突入してしまう。

「なるほど、さすがだな。だが、いいのか。こんなところで足止めをされていては大事なものが守れないぞ」

アルトゥールの挑発をオルティウスは無表情で受け流した。余計な口を利く暇があるのなら、その分攻撃を繰り出すまでのこと。

「エデルツィーアのことが心配ではないのか?」

(俺を動揺させようって魂胆か)

オルティウスの脳裏に儚くも美しい妻の姿が浮かび上がった。無意識に表情に出ていたのだろう。アルトゥールが口の端を持ち上げ、深く切り込んできた。

一瞬の隙を、彼は見逃さなかったのだ。オルティウスの剣が弾かれる。衝撃で体勢が崩れた。

「陛下！」

近衛騎士の一人が前に躍り出た。

「邪魔だぁ！」

アルトゥールが近衛騎士に向かって大きく剣を振りかざす。

オルティウスは素早く横に移動をしてアルトゥールの横腹を狙った。

「二人がかりか！　情けない」

アルトゥールは体を捻りオルティウスの攻撃を避けた。

「これは俺とアルトゥールの戦いだ！」

オルティウスは叫んだ。それからアルトゥールを射殺さんほどに強く睨みつけた。

「エデルにはパティエンスの女騎士が付いている。動揺させようとしても無駄だ」

「ふんっ！　だったら一人で私を倒してみろ」

「ああ、そのつもりだ」

オルティウスは再び剣を構えた。二人が動き出したのは同時だった。アルトゥールがエデルの名を出したのは己への揺さぶりをかけるためだろう。けれど、彼女は王妃だ。この戦いの後を考えるのであれば、同時に身柄を押さえておきたいはず。

（エデル……俺が迎えに行くまで無事でいろ！）

彼女の安否を確認したいのなら、今ここでアルトゥールを倒すのが一番の近道だ。

王座は一つ。オルティウスは覚悟を決める必要がある。己は、すでに王なのだ。責任ある地位に着いたのだから、王として逆賊を払いのけなければならない。迷いや甘さは、身近な愛する人々を危険にさらす。

オルティウスは身を低くした。

（そうだ……。俺はまだ心のどこかで、叔父上を信じたがっていた……。だが……）

道は分かたれた。勝負は一気につけなければならない。

双方が同時に動いた。互いに急所を狙う。下から叔父の剣を弾き飛ばし、そのまま彼の懐を狙い、深く剣を突き刺した。

「ぐっ……う……」

嫌な感触が伝わってきた。ぽたぽたと、赤い雫が剣を伝う。

床の上に叔父の剣が落ちた。続けて、アルトゥールが膝を床につけた。

時間の流れが止まったかのように感じていた。目の前で叔父が崩れていた。それを、呆然と見下ろした。

「へ、陛下が逆賊を倒したぞ！」

誰かの声に、オルティウスは我に返った。

「叔父上……あなたの負けだ」

「ふっ……まだ、俺の……方が強い……と思って……いた、のだが……」

命を懸けた戦いだ。致命傷を負ったアルトゥールがかすれた声を出した。その顔は自嘲気味でもあった。

「……だが……おまえが思うより、後処理は大変……だぞ」

不敵な笑みを浮かべながら、アルトゥールは前に倒れた。

逆賊が倒れたという一報は瞬く間にイプスニカ城内を駆け巡った。王城の中央広間にて倒れたアルトゥールが晒されると、彼に味方した者たちは一部を除いて投降した。オルティウスは逆賊の掃討と城内の統制を同時に進めていく。その指揮に忙殺されているとヴィオスが合流をした。

「陛下！」

「母上たちは無事か？」

「ええ、ご無事ですよ。陛下の遣わした騎士とパティエンスの騎士たちがおりましたから」

その言葉にホッとした。

「おまえも無事で何よりだ」

ヴィオスは少しだけ口元を緩めた。ざっと見た限り、怪我の類はないようだ。

「私はあいにく、こういうとき陛下の役には立ちませんからね。王太后殿下と一緒に守ってもらいました」

「リンテは泣いていなかったか？」

オルティウスは小さな妹の名を出した。リンテは前王の娘で、利用価値がある。襲撃者も女子供に無体な真似はしないだろうと踏んではいたが、それとこれとは別。まだ小さな彼女は怖い思いをしたに違いない。

「さすがは王女殿下ですね。毅然とした態度を見せておられました」

「そうか。さすがはオストロムの王女だな」

「しかし、陛下がアルトゥール殿下を制したという一報をお聞きになられて、ぺたりと座り込んでいましたから。相当に気を張られていたのでしょう」

「あれには辛い結果になったな」

どちらが勝利をしても、肉親のうち、どちらかを失くすことになるのだ。

「それから、私の父も無事です。かすり傷は負いましたけれど」

「それを聞いて安心した。レイニーク宰相にはまだまだ働いてもらわなければならない」

オルティウスが目元を緩めるとヴィオスも口の端を持ち上げた。

現在、捕らえられたアルトゥールの協力者たちは次々と一か所に集められている。王国軍総帥レケンが彼に加担した師団を征伐したことを告げに来る。

「よくやってくれた」

「わが軍からこのような不届き者たちを出したのは私の不徳の致すところでございます」

五十に手が届くという当代の王国軍総帥は代々名将を輩出する名門の出だ。今回その末席に名を連ねる者がアルトゥールの謀反に加担していた。そのことを彼は嘆いた。

「私の処分はいかようにも」

「それは今話すことではない。短時間で終息したのはレケンのおかげだ。正直……おまえに反旗を翻されていたら、私は人間不信に陥っていた」

「私の命は陛下のものでございますよ」

彼には幼い頃から剣の手ほどきを受け、時に厳しくも深い愛情を受けて育ってきた。もう一人の父とも慕う彼に裏切られていたら、オルティウスは相当の衝撃を受けただろう。

「陛下！」

また一人オルティウスに近寄ってくる人物がいた。エデルの様子を見に行かせていた近衛騎士だ。彼は酷く急いた顔付きをしている。その様相にオルティウスの胸がざわついた。

「陛下、落ち着いて聞いてください」

オルティウスは黙って騎士の報告を聞いた。全てを聞き終えると、足元がガラガラと崩れ落ちるような錯覚を覚えた。

「……エデルが……どこにもいないだと？」

「はい。パティエンスの騎士らと襲撃者と思わしき男たちが倒れている現場に出くわしました」

エデルのことだけが気がかりだった。王の寝所に立てこもるよりも安全だろうと、パティエンス女騎士団の建物に避難させることを選んだ。あそこなら、万が一に備えた秘密の脱出経路がある。

彼女は王妃だ。反逆者側に捕らえられればどのような目に遭わされるか分かったものではない。エデルに付き従うパティエンスの騎士たちの腕はオルティウスも認めている。そう簡単にやられるはずもないと踏んでいた。

「現在、周辺を探索させております。どうやら煙幕に何かしらの薬が使われたようで、倒れた騎士を起こして話を聞いたところ――」

近衛騎士の声が耳を素通りしていく。エデルが消えた。行方が分からない。

オルティウスの足が無意識に動いた。早く、早く彼女を見つけなければ。

今すぐに彼女をこの腕にかき抱きたい。エデルの温もりを確かめなければならない。

「陛下、いかがされました？」

オルティウスの顔色から何かを察したのだろう、ヴィオスが近付いてくる。

「エデルが消えた。今から彼女を探しに行く」

「消えた……？」

ヴィオスが訝しむ声を出す。

「いかがなさいましたか、陛下」

レケンも続けて声を掛けてきた。

「エデルが、私の王妃が姿を消した」

オルティウスは今しがた聞いた内容を二人に告げた。

「早急に王城の門を封鎖してきましょう」

「あまり大事にするのはよくありません」

レケンが言えば、ヴィオスも続けて頷いた。

「内密に進めよう。もしかしたら別の場所に避難している可能性もございます」

「私も行く」

レケンが動き出したため、オルティウスも隣を歩き始めたが、ヴィオスが立ちふさがった。

「陛下はここにいてください。今はあなたのお姿がないと他の者たちの士気が下がります」

「しかし……」

オルティウスはただ黙って報告を受けなければいけない立場だ。それが酷くもどかしい。今すぐに駆け出したい衝動に駆られている。

王がこの場から安易に離れるべきではないことくらい理解しているのに、感情がついていかない。焦燥する気持ちがせり上がり、骨が砕けるくらい強くこぶしを握りしめた。

（くそっ！　先ほどの叔父上の言葉の意味はこれだったのか！）

やはりアルトゥールは罠を張り巡らせていたのだ。

ヴィオスは最後に念を押すようにオルティウスを視線だけでその場に押し留めた。その直後、二人の部下がそれぞれ走り去った。

混乱も徐々に収まりつつある中、オルティウスはアルトゥールの元へ近寄った。出血が激しく、助かる傷ではない。一命を取りとめたとしても王に歯向かった彼の行く末はどのみち決まっていた。

オルティウスはアルトゥールの顔の横にしゃがみ込む。

「叔父上、エデルをどこへやった？」

周りの者たちは王の行動に注目したが、すぐに視線を元に戻した。

アルトゥールはまだ息があった。彼の近くには同じく謀反者たちが縛り上げられ、集められている。自害防止のため口枷をされている者もいる。

甥の問いかけにアルトゥールが薄目を開けた。

オルティウスの焦燥する目を認めた彼は、ほんの少しだけ口の端を持ち上げた。その態度こそ肯定の証だった。

「エデルをどうした？」

オルティウスはもう一度問うた。

「……なぁに……対価の見返り……に……」

アルトゥールは切れ切れに言葉を紡いだ。

オルティウスは瞠目した。そうか。隣国ヴェシュエではなかったのだ。

叔父が手を組んだ相手。

それは――。

＊

「――デル―

誰かに呼ばれている。

すぐ近くで聞こえるのは男の声だ。こちらを気遣う優しいそれはどこか懐かしい。

「ん……」

頭の中に霧がかかっているかのようだった。意識がゆっくり覚醒していく。どうやら眠ってしまっていたようだ。

うっすら瞳を開ければ、辺りは薄暗かった。目に入ったのは木張りの天井。いつもと違う景色にエデルはどうしてここは王の寝所ではないのだろうと訝しむ。自分にとって眠る場所とはオルティウスの隣で、そこが居場所のはず。

「エデル王女、目が覚めましたか」

その声に導かれるように、エデルはゆっくりと身を起こした。しかし、くらりと体が傾いだ。まだ力が入らなかったのだ。

「大丈夫ですか、王女」

誰かが背中に手を回し支えてくれる。エデルは必死に、今がどのような状況かを思い出そうとする。

先ほどから自分を呼ぶ声はオルティウスの近衛騎士の誰かだろうか。彼らとはそれなりに言葉を交わす間柄だ。その割に懐かしい声だと思った。エデルは必死に記憶をたどった。

「え、ええ。ありがとうございます」

「まだ薬が抜けきっていません。もう少し安静にしていていてほしかったのですが、そうも言ってはいられないのです」

「え……あ、あなた……！」

男の言葉に導かれるように顔を横に向け、エデルは呆然とした。

暗い髪色をした、優し気な顔立ちの青年だ。しかし、エデルの記憶にあるその人は銀髪をしていたはず。ろうそくの灯りだけでは瞳の色までは分からなかったが、その人のことをエデルは知っていた。

「……ユウェン……様？」

かすれた声が口から出た。目の前にいるのは、あのユウェンだった。半分だけ血の繋がった兄の騎士。お腹を空かせたエデルにお菓子を分けてくれた、優しい彼。ゼルスにいるはずの彼がどうしてここに。

「お久しぶりです、エデル王女」

ユウェンはエデルの記憶と違わぬ笑みを浮かべた。そのせいで余計に混乱してしまう。

どうして、目の前に彼がいるのか。

（わたしはたしか……そうよ、アルトゥール殿下がオルティウス様に反旗を翻した。それから……）

頭の中が次第にはっきりしてくる。ああそうだ。パティエンス女騎士団に身を潜めようと向かっていたところを急襲されたのだ。気を失う直前のことを思い出したエデルは勢いよく立ち上がろうとした。

「オルティウス様！　陛下は無事なの？　陛下！」

「姫、今は安静にしていてください。それにあなたはもうあんな蛮族の王に従う必要はない！」

エデルが悲鳴に近い声を上げると、ユウェンがその腕を取った。

「駄目！　陛下のところに行かないと」

「いいえ、行かせません」

「どうして？　どうしてユウェン様はそんなことを言うの？　ねえ、陛下が大変なんです。アルトゥール殿下が陛下に反旗を翻したの。王城は今大変なことになっているわ。どうして、どうしてわたしは今あなたとここにいるのです？　わたしはどうして」

何もかもが分からない。エデルは激しく言い募った。

「エデル王女、駄目です。城に戻ってはいけません。行けばあなたは……」

一方のユウェンは幾分落ち着いていた。それがエデルの不安を余計に煽った。彼は強い力で自分をここに留めようとしている。掴まれた腕はびくりとも動かせない。

「一体、どうして……？」

エデルはユウェンの瞳を見つめた。彼の目は真剣だった。彼は何か知っている。そう確信させる揺るぎのない眼差しに、ごくりと息を呑みこんだ。

ユウェンはエデルをじっと見据えたまま続けた。

「イプスニカ城へ戻ればあなたは殺されます」と。

六

アルトゥールが最後に放った言葉。それは「私が手を組んだのは、おまえの妻の母親だ」というものだった。

イースウィアはエデルを憎んでいる。彼女は今度こそエデルを亡き者にしようと、アルトゥールに手を貸したのだ。

オルティウスはもはやじっとなどしていられなかった。彼女の身に死の危険が迫っている。今どこにいる。嫌な予感が足元から生まれ、絡みついてくる。

ヴィオスとレケンは即座にイプスニカ城の全城門を掌握し、人の出入りを事細かに制限した。

城内で捕まえた反逆者と身元不明者を一堂に集め、身元照会を行いゼルスから紛れ込んだとされる男たちを特定した。それと同時にルクスへ人を遣り、通常朝日と共に開ける城壁の門の封鎖を命じた。

念のため、イプスニカ城の隠し通路を数人の配下に探索させたが、使われた形跡も人が隠れ潜んでいる気配もなかった。

「この混乱に乗じて、少なくない人間が城門から逃げています。とくに、今回の件に関係のない下働きの女などは積極的に逃がしています。一体誰が城から出て行って、誰が留まっているのか、安否確認を行っておりますが、時間がかかると思われます」

戻ってきたヴィオスが報告を行う。

持ち場の責任者の判断で女たちは城門から逃げるように指示がなされていた。

エデルは王妃であることを隠すため、簡素な衣服と、頭巾をかぶっていた。それが厄いしたのだろう。一見すると使用人にしか見えない彼女を、誘拐犯は堂々と城門から連れ出した可能性がある。

「深夜なことが幸いでした。昼間ならさっさとルクスの城門を越えられていたでしょう」

王都はぐるりと城壁で囲まれている。古い時代に建設された城壁内が現在では旧市街という扱いになっており、夜になると各所にある城門は閉ざされる。

近年の人口増加に伴い、城壁の外にも街は広がっているが基本的に夜間の出入りは制限されている。

「時間が惜しい。なんとしてでも夜明け前にエデルを探し出す」

オルティウスの声に苛立ちが混じる。

未だに城内は混乱している。そのため情報伝達に遅れが生じている。彼女が城外へ連れ出されているのか、それともこの城のどこかに隠されているのか。それすらあやふやなままだ。

（くそっ！　エデルは一体どこにいる）

もしも、彼女に万が一のことがあったなら。未だにエデルを狙うイースウィアへの怒りで体が震える。こうしている間にも、彼女の命が脅かされているのだ。

それなのに、王というのはどうしてこんなにも身動きが取れないというのか。

彼女を守ると誓った。しかし、結局は何もできなかった。彼女を危険にさらしてしまった。

そして、一人の青年として彼女を探しに行くことが王である己には難しい。それが今のような時、もどかしくて仕方がない。本当なら己が率先して彼女を探すため走り回りたかった。

オルティウスは王の座を守った。それは、この先も王であり続ける覚悟を決めたということ。

(もし、エデルがすでに……いや、駄目だ。俺がエデルの生存を信じられなくてどうする)

最悪な事態を思い浮かべたオルティウスはすぐに嫌な考えを頭から振り払った。彼女は絶対に戻ってくる。彼女は己の隣に立ちたいと言ってくれた。もう彼女がいない生活など考えられない。エデルが必要なのだ。必ずこの手に取り戻す。

「陛下。私に考えが」

近衛騎士隊長が近付いてきた。父の時代から王に仕える忠実な騎士はオルティウスの耳元である提案をした。

*

「アルトゥール・ファスナ・クルス・オストロムはゼルスの王妃と取引をしました。イースウィア王妃の個人的な支援と引き換えに、エデル王女の身柄を引き渡すと。あなたの死と引き換えにアルトゥールはイースウィア王妃の助けをもぎ取ったのです」

ユウェンは淡々と語った。相変わらずエデルを見据えたままで、その瞳は何の曇りもなく、嘘(うそ)を言っているようには思えない。

「アルトゥールが王位をもぎ取れば、あなたは殺されます。実際、あの場にはゼルスの王妃が密かに遣わした男たちが多数入り込んでいました」

エデルは思い出した。イースウィア王妃の、あの憎悪に満ちた昏い眼差しを。彼女は自分を殺すためだけにアルトゥールに与したのだ。見返りは、この首だ。そう思い至ったエデルは背中を凍り付かせた。

だが、分からないことがある。

「あなたは……どうしてわたしを連れ去ったの？　そして、ここは一体どこ……？」

「きちんとお話ししますよ」

この部屋は静かなのだ。イースウィアがエデルの命を狙っているのなら、あの場でとっくに殺されていたはずだ。だが、実際は王城から連れ去られただけで、自分はまだ生きている。

エデルは自分の姿を見下ろした。気を失った時に身に着けていた簡素な衣服姿のままで、着衣の乱れもない。室内は木張りの床に寝台と物置き台が一つと椅子が置いてあるという極めて簡素なもの。窓はあるが光が射しこんでこないところを見るとまだ夜明け前らしい。暖炉の脇に設えられた燭台の灯りが二人をぼんやりと浮かび上がらせている。

「お願いします」

エデルが頷くと、ユウェンがゆっくりと握っていた手を解いた。エデルはホッとして寝台の上に浅く腰掛けた。

彼は椅子を持ってきて目の前に座った。

「どこから話しましょうか。……あなたがオストロムへ嫁した後、私は騎士としての目的を失いました」

エデルがいなくなった後も、宮殿は平穏そのものだった。ユウェンは心の空洞を埋めるようにただ惰性で働いていたのだと独白を続けた。

「バーネット夫人がオストロムで捕らわれてから、イースウィア王妃殿下のお立場が変わり始めました」

オストロム王妃殺害未遂の罪で収監されたバーネット夫人は、いくつかの条件と引き換えにゼルスへ引き渡された。彼女の生家と嫁ぎ先が彼女を守り、政治的な駆け引きがあったことを、エデルは体調が回復した後聞かされていた。

現在バーネット夫人は、ゼルスの牢に収監されている。

意外だと思ったのは、ゼルス側がオストロムの主張をあっさり受け入れたことだった。

「国王陛下はオストロムが示した解放条件を全て承諾するよう指示をなされた。結果としてイースウィア王妃殿下は臣下の不信を買いました。バーネット家の力を削ぎたい勢力はここぞとばかりにかの家を叩き、その責は王妃にも及びました」

イースウィアは完全に私情でオストロムとゼルスの婚姻に横やりを入れた。彼女自身は関与を否定したが、エデルを疎ましく思っていたことは宮廷中が知る事実だった。そしてバーネット夫人はイースウィアの腹心であることも周知であった。

エデル殺害未遂の責を負わされたのはゼルスという国そのもの。王が愛妾を持つことなど特別ではない。いくらその娘が気に食わないからといって、その恨みを政治の場に持ち込むとはなんたる浅はかな女なのか。おかげでゼルスは国際河川の上流をオストロムに握られた。

そのような評価が宮廷を侵食していった。ゼルス国王は相変わらず王妃に無関心。王太子は父王に対して強く言うことができない。オストロムへ侵攻し、あっさり負けたのは彼自身である。

結果、宮廷貴族たちの不満はイースウィアへ向かい、彼女の評価が下がり始めた。

「私はあの一件でイースウィア王妃の真意を理解しました。そして王妃はあれ以降ますますエデル王女への恨みを深めていったようにも思えました」

エデルは口を挟むことなく、ユウェンの話を聞き続ける。

イースウィアの感情の変化については容易に想像がついた。彼女は気位の高い王妃だ。殺したいと願った娘の暗殺計画が失敗し、逆に自身の評判の失墜という形で返ってきた。隣国で安穏と暮らすエデルを今度こそ殺そうと画策しても何らおかしくはない。きっと、エデルが王妃という立場であることも許せないのだ。

「そのようなことがあり、私の中にある王家への忠誠心が薄らいでいきました。あなたの犠牲の上でのうのうと暮らしているゼルス王家。そしてお門違いな恨みを抱く王妃……」

このままゼルス王家の子飼いとしての人生を歩むことに懐疑的になった。

そんな時、ユウェンの耳に不穏な情報が届いた。隣国オストロムの人間がゼルスの王都ヴェレラに密かに入り込んでいる。彼らは金をばらまき、人を集めていた。一体何のために。

「私はオストロム王家の血を引くアルトゥールがゼルス国内で傭兵を集めていること、イースウィア王妃が密かにその支援をしていることを突き止めました。私は考えた末に、身分を偽って潜入しました」

「なっ……んてこと」

知らされた事実に驚きが勝ちすぎて、言葉が出てこない。

「イースウィア王妃とアルトゥールの密約を掴んだ私はそれを利用することにしました。騎士を除隊し、傭兵として金で雇われた振りをして潜り込んだ」

「騎士を……お兄様の騎士を辞めたのですか？」

「ええ」

「どうして……」

「あなたにもう一度お会いしたかった」

「っ……！」

思いもよらない返事に言葉が詰まった。ユウェンの双眸はとても真剣で、冗談とは思えない迫力だった。

「イースウィア王妃は混乱の最中あなたを殺そうとオストロムに手駒を放ちました。私もそのうちの一人として潜り込み、頃合いを見計らい別行動をとりました。全てはあなたをお守りするためです」

ユウェンはエデルを説得するためか、鬼気迫った表情と声を出す。一方のエデルはいくぶん冷静だった。最初の驚きが去れば、イースウィアの感情も行動も新しいものはない。

「わたしはイプスニカ城へ戻ります」

エデルは静かに答えた。身の危険が迫っていようと、自分の居場所はオルティウスの隣だ。彼の側に居たいのだと心が訴えている。自分だけ逃げるわけにはいかない。それに、今ここで逃げても同じだ。

「イプスニカ城へ戻っても危険なだけです。もしも、オルティウス王がアルトゥールを討ち取ったとしても、イースウィア王妃の手の者がどこに潜んでいるかも分からないのですよ──

「オストロムの騎士たちは優秀です。わたしは皆を信用しています」

「その騎士たちから私はあなたを奪い、ここまで連れて来ることに成功しましたよ」

ユウェンが挑発めいた台詞を吐いた。優しい彼からは想像もつかない返しに、エデルは絶句した。

「それに、アルトゥールが勝っているかもしれません」

「いいえ。陛下が負けるはずありません。わたしはオルティウス様の元に帰ります」

エデルは即座に言い返した。

「一緒に逃げましょう。ようやくあなたは自由になれた。運は私たちに味方をした」

思いがけない提案に、二の句が継げなくなった。エデルは目の前の青年の意図を探ろうとした。彼はじっとこちらを見据えている。その瞳の中に強い意志を感じる。

「あなたをお慕いしております」

「……っ!」

静かな声はよく響いた。

「ずっと、ずっとお慕いしておりました。オストロムとの戦で手柄を立て、あなたの降嫁を願い出るはずだった……。エデル……」

彼の声には熱が籠っていた。それの正体を、エデルはもう知っている。何度も夫からぶつけられた情愛。エデルは身じろぎ一つできずに驚愕に喘いだ。

「あなたがいつまでもゼルスとオストロムの犠牲になる必要はない。逃げましょう。イースウィア王妃からも、オストロムの王からも。今の混乱期ならそれが可能だ」

何も発することができないエデルを前に、ユウェンがさらに言い募る。

青天の霹靂だった。まさか、目の前の彼が自分を異性として見ていただなんて、そんなこと考えつくはずもなかった。

「あなたがオストロムの王に虐げられる必要はないんだ」

「ちがう……」

「え……？」

エデルは一生懸命頭を振った。違う。違うのだ。オルティウスは非道な人間ではない。彼はたくさんのものをくれた。冷たく見える双眸の奥に優しさがあることをエデルは知っている。

「わたしはオルティウス様のことをお慕いしているのです」

「まさか……嘘だ」

ユウェンが愕然とした声を出した。

「いいえ」

「どうして！　あんな蛮族の王に……あなたは絆されたとでもいうのですか？　いつもあなたばかりが犠牲になる！　あなたは……ただ利用されて、酷い目に遭わされて……

だけだ！」

挙句に、頼る者のいないオストロムの王宮でただそう錯覚するように仕向けられている

「いいえ……。あの方はとても優しいわ……。わたしが偽者の王女だと知っても、わたしのために居場所を作ってくださった。わたしのことを見てくださった。わたしは、あの方を信頼しているの」

「嘘だ！　信じないっ！　私はずっとあなたを見てきた！　ずっと、ずっと、あなただけを」

ユウェンの声が徐々に大きくなっていった。激情が空気を震わせる。

エデルは怖くなった。目の前の彼がまるで全く知らない男のように思えた。彼は一体誰なのだろう。よく知る優しい兄のような青年は、隠しきれない恋情を自分に向け訴えている。

彼の感情の変化にぞわりとした。この先に触れてはいけない。頭の奥で警鐘が鳴り響く。

「わたしはオストロムの王妃です。もう、ただのエデルではない。わたしはイプスニカ城に帰らなければなりません」

「姫！」

「ユウェン様。先ほどはわたしの命を助けてくれてありがとう。あの時、城でわたしを

襲って来た者たちこそが、イースウィア王妃が差し向けた刺客だったのでしょう？」

「……ええそうです。王妃はあなたを連れてくるよう命じていました。今度こそ、自分の目の前であなたを殺させるために」

心の片隅では怖いと震える自分がいる。けれど、逃げるわけにはいかない。目の前の青年の手を取るわけにもいかない。エデルが望むのは、たった一つのこと。

「ごめんなさい。わたしは自分の居場所を選んだの」

「それが、オストロムの、黒狼王の隣というわけですか？」

「ええ。あの方を、愛しています」

エデルのその静かな声は狭い室内によく響いた。紫色の瞳は不思議と凪いでいた。それはもう自分にとって当たり前の事実なのだ。

エデルの心の在処を聞かされたユウェンはぐしゃりと顔を歪ませた。

「どうして！　私だってずっとあなたを見てきた。あんな男よりもずっと前から！　可哀そうなあなたをお救いしたかった！　国を出て、イースウィア王妃にだって手の届かない場所へ一緒に逃げましょう。豊かな暮らしはお約束できませんが、それでもあなたを養うことくらいは私にだってできる！」

「ごめんなさい。わたしはもう行かなくてはいけない」

彼の気持ちに応えることができないのであれば、もうここにいるわけにはいかない。

ここがどこか分からないけれど、とにかく帰るしかないのだ。

立ち上がり出入り口へ向けて歩き出したところで腕を摑まれた。

「駄目だ！　エデル」

「ユウェン様！」

二人の声が重なり、エデルは後ろから抱きしめられた。すぐに体の向きを変えられ、彼の胸に体を押し付ける格好となる。

「いやっ！」

即座に離れようともがいた。それなのにびくともしない。

「私だってあなたを愛している。あんな男よりもずっと、ずっとあなたを！　あの男は政略結婚と称して、あなたを強引に召し抱えただけだ」

「そんなことない！　オルティウス様はわたし自身を見てくださった。わたしにたくさんのものを与えてくださった。わたしは罪の証ではないと、わたしの存在を認めてくださった」

この世界に存在していてもいいのだと、彼は肯定してくれた。エデルの持つ罪悪感を失くしてくれたのはオルティウスだった。彼もまた、内面に様々な感情を押しこめていた。彼を知るほど愛しさが増していった。

エデルは彼の腕から逃れようと再び身じろぎをする。

ユウェンが息を呑む気配を感じた。ぐっと腕に力が入った。自分では彼の力には敵わない。こんな風に自由を奪うのなら、ユウェンだって先ほどの襲撃者と変わらない。

「お願い……離して」

「嫌だ……。そうしたらあなたは私から離れて行ってしまう。やっと、この手に取り戻すことができたのに」

違う。取り戻してなどいない。エデルの心はオルティウスの元にある。どうして、分かってもらえないのだろう。瞳に涙が盛り上がる。

けたたましい音と共に部屋の扉が開いたのはそんな時だった。

「女を返してもらうぞ、ユウェン！」

そう言うなり侵入者がユウェンに向かって体当たりをした。バランスを崩し、彼ともどもエデルは床に倒れた。

ユウェンが体勢を整える暇もなく、男が上から彼の背中を踏みつける。衝撃にエデルも押しつぶされそうになったが、ユウェンがどうにか踏ん張り、恐れたほど衝撃は来なかった。

男は何度もユウェンを踏みつけた。何度目かに、ユウェンが「ぐぅ……」と呻(うめ)いた。

それでも彼は、首を後ろに向けて男を見上げた。

「おまえ、どうして……ここに」

「そんなことはどうでもいい。邪魔者には退場してもらう」

男は殺気立った声を出し、素早く室内を見渡した。部屋の隅に置かれたナイフを見つけるとそれを手に取り、振り上げる。一連の動作には隙も何もなかった。エデルはその気配から彼もまたユウェンと同じく戦いに慣れているのだと悟った。

燭台に反射してナイフが鈍く光った。男の動きがやけにゆっくりと感じた。

ユウェンが体を反転させ、低い姿勢のまま男の胴体に体当たりする。大きな音がして二人が倒れ込んだ。そのままもみ合いになった。エデルは凍り付いた体を叱咤してどうにか上体を起こした。ユウェンは丸腰だった。

男がユウェンめがけてナイフを振り下ろす。どうにか避けていたユウェンだったが、とうとう背中を刺されてしまう。

「ユウェン様！」

深々と刺さったそれを男が無感動に抜いて、ユウェンを蹴り床に転がした。

男の興味の対象が自分に移ったことがはっきりと分かった。彼の瞳には昏い感情が込められている。

「これはこれはお姫様。ご機嫌麗しゅう。私の顔はご存じないでしょうな。しかし、私はあなたのことをよく存じ上げておりますよ。エデル王妃」

男は木綿地のシャツと色の濃いズボンという、没個性な出で立ちをしている。立ち姿は隙がなく、発音も美しい。品の良さを隠しきれていないのに、その瞳だけが燃えるように剣呑に光っている。

　エデルは思わずぞくりと背筋を震わせ、一歩後ろに足を引いた。狭い室内だ。壁と寝台に行き止まってしまう。

「エデル……逃げろ……そいつは……バー……ネット」

「ユウェン様……だ、駄目。しゃべっては」

　ユウェンのくぐもった声が下から聞こえた。横腹からはどくどくと血が流れている。

「おまえのせいで私の母は収監された。バーネット家も宮殿での居場所を失くした。イースウィア王妃殿下の信頼を再び勝ち取るためにも、おまえの首が必要だ」

　その言葉で、エデルは彼の正体を知った。彼はバーネット夫人の息子なのだ。彼こそが、イースウィアが放った刺客。

　男がじりじりと近寄ってくる。恐怖に体が震えるのを必死に抑えた。彼から逃げなければならない。でないとユウェンが死んでしまう。だが、どうやって。エデルは一生懸命考えた。彼はナイフを握る手をゆっくり持ち上げた。

「黒狼王を籠絡したその身体を思い切り穢してやるのも一興だな。絶望を味わわせてから殺してやる」

　男が唇を舐めた。

「いや……来ないで」

一歩、男が足を前に出す。凶器を持った襲撃者を前に、成すすべもない。もう駄目だと思った時のことだった。

「っぅ……」

男が唐突に動きを止めて崩れ落ちた。

開きっぱなしだった扉の外に男が現れたのをエデルは確認していた。その男がバーネットのうなじめがけて何かを投擲(とうてき)したのだ。

「エデル！」

「オルティウス様……」

開いたままの扉の外に姿を現したのはオルティウスだった。

「エデル、無事だったか？」

彼は急いた様子でエデルの元へ近寄り、そのまま抱きしめた。

オルティウスの抱擁を受けたエデルは、恐る恐る彼の背中に腕を回した。現実がここにある。彼は生きている。今、自分を抱きしめている。

「陛下……ご無事で……」

「ああ。城も王座も守った。それよりも、おまえの方こそ怪我はないか？　どこか痛むところは」

と、その問いかけにエデルは勢いよく顔を上げた。

「陛下！　ユウェン様を。どうかユウェン様を助けてください！」

ユウェンが潜伏先に選んだのはルクスの下町のいわゆる歓楽街だった。連れ込み宿と呼ばれるその場所は、宿主であっても客の詮索をすることはまれだ。

今回、オルティウスがスムーズにこの場所を探すことができたのは、イプスニカ城で捕らえた襲撃者の一部にわざと隙を与え逃がし、道案内をさせたからだ。

まさかオルティウス自ら助けに来てくれるとは思ってもみなかったが、あの時心の底から安堵したのも本当のところだった。

城に戻ったエデルは湯をもらい身を清めた。城の奥は静かだった。ほんの少し前まで、謀反の舞台になったとはまるで考えられない。

着替えたエデルは窓辺に近寄り、何とはなしに外の景色を眺めていた。

「エデル」

後ろから呼びかけられ、振り向くとそこにはオルティウスの姿があった。

彼はゆっくりとエデルへ近寄り、両手で頬に触れた。そっと引き寄せられ、体を預ける。ああ、帰ってきたのだと思った。ふわりと鼻腔をくすぐるのは、いつもの彼の香り。

「おまえをこの腕の中に取り戻すことができてどれほど安堵したことか」

ぎゅっと抱きしめられた場所から彼の想いが流れ込んでくるようだった。

エデルはそっと目を閉じた。

今は、全てを彼に委ねていたかった。

長い一日がようやく終わるのだ。

七

本格的な冬の到来に向けて、時折冷たい風が吹きつける頃になると、イプスニカ城は穏やかな日常を取り戻していた。季節は流れていく。エデルも最近では暖かなドレスを身に着けることが多くなっていた。

オルティウスたちはアルトゥールの謀反の事後処理に奔走し、忙しくしていた。

一方のエデルは比較的時間に余裕があり、のんびりと過ごしている。時折彼の求めに応じて食事会に同席したり、ミルテアと一緒に慰問や貴族の婦人との集まりに参加している。

「リンテ、美味しい？」

「え、はい。甘くてとっても美味しいです」

エデルは今日リンテと二人でお茶を楽しんでいる。彼女はあの事件以降元気がなかった。彼女にとってアルトゥールは優しい叔父だったのだ。その彼が王の座を奪おうとした。そのことをまだ消化しきれていないのか、最近彼女はぼんやりしていることが多い。もしかしたら今回の事件を機にルベルムが王立軍に所属することになったことも関係しているのかもしれない。

彼はまずは見習いとして、他の騎士見習いの少年らと共に共同生活を送っている。王族とはいえ特別扱いはされずに、家族との面会の時間も限られる。ミルテアも少し寂しそうに送り出していた。

「わたしにできることがあればなんでも言ってね」

「え……？」

「わたしはリンテともっと仲良くなりたいから」

「ありがとうございます、お義姉様」

リンテが笑った。まだほんの少しだけ寂しさを孕んでいる。でも、きっと彼女はそれを悟られたくないのだ。エデルは彼女にお菓子を勧めた。今日のお菓子は異国由来のもの。糸のように細くした生地をまとめ、砕いた木の実を包んである。それを油でからりと揚げ、最後に蜜に浸けたものだ。

「オルティウス様は時々、お菓子を取り寄せてくださるの。たっぷりと届いたから、きっとあなたにも食べてほしいのだと思ったの」

「お兄様が……？」

エデルが朗らかに説明すると、リンテがぽかんとした表情をつくったまま固まった。

そんな風にとりとめない話をしながら楽しんでいると、女官が先触れにやってきた。

オルティウスがこちらに向かっているのだという。

「オルティウス様、どうしたのですか？」

立ち上がり出迎えると、オルティウスは笑顔でそれを制した。

「おまえを迎えに来た。それと、妹の様子も見に」

「わたしの!?」

突然に名前を出されたリンテが素っ頓狂な声を出して慌てて口を引き結んだ。

「昨日ルベルムと会った。剣の稽古をつけてやったら、おまえの顔を見てやってくれと頼まれた」

「陛下と手合わせ……」

「今は兄と呼んでくれて構わないのだが……」

オルティウスがどこか困ったように呟いた。

「あ、はい。……お兄様」

オルティウスが同じテーブル席に着いた。兄妹はお互いの出方を窺うように沈黙したままだ。

「オルティウス様がくださったお菓子、リンテも美味しいと喜んでいたのですよ」

エデルがそっと口添えするとオルティウスが口元を和らげた。

「そうか。それはよかった」

「ありがとうございました」

一方のリンテはまだ緊張しているらしい。お礼を言う視線が若干泳いでいる。

「それで、リンテは今何を学んでいる？」

オルティウスが茶に口を付けながら妹に会話を振った。

まさかそんなことを聞かれるとは思ってもみなかったのかリンテは言葉に詰まり、エデルを見つめた。微笑んだまま頷くと、彼女は恐る恐るといった体で口を開く。

「えっと。歴史とか外国語とか……最近は刺繍とか……？」

「一緒に剣帯（けんたい）を縫っているのですよ、陛下」

「剣帯か」

「はい。わたしは……ルベルムに。お義姉様は陛……いえ、その……お兄様に」

「リンテ……」

エデルはあたふたと手を動かした。実は内緒で準備して、冬の贈り物にしようと思っていたのだ。

「あ、しまった」

　会話を続けることに注力しすぎたリンテは口を滑らせてしまったことに今気が付いたらしい。「ごめんなさい、お義姉様」と小さく謝った。言ってしまったことは仕方がない。エデルは「いいのよ」と微笑んだ。

「そうか。エデルが俺のために剣帯を」

「あの、あまり期待はしないでください。少し刺繍の縫い目が不格好で……」

「でもでも、お義姉様はとってもお上手です！　わたしの方がルベルムに受け取ってもらえるか不安なくらいへたっぴなので！」

　リンテが力強くフォローした。どうやら緊張も解けてきたらしい。

「ルベルムもおまえから剣帯を贈られれば喜ぶだろう」

「だといいのですが……」

「大丈夫よ、リンテ」

　内輪の茶会はそれから少し続き、解散となった。所用のため迎えに来たとのことだが、何か急ぎの用事でもあったか、とエデルは今朝ヤニシーク夫人から聞かされた予定を頭の中で反芻（はんすう）した。隣国の大使との昼食会は明日の予定で、ミルテアとルクスの街の大聖堂へ赴くのは三日後だ。

エデルはオルティウスに導かれてイプスニカ城の奥へ向かって歩いている。これまであまり縁のなかった場所に連れてこられたため、不思議に思った。

「ここで何か用事があるのですか？」

「おそらく、俺はかなり寛大な夫だと思う」

立ち止まったオルティウスがエデルを見下ろした。

「この先には、牢獄がある。とはいえ、貴人用のものだから中はそこまで劣悪な環境ではない。ユウェンの怪我はだいぶ回復した。まもなくゼルスへ移送することになる」

アルトゥールとイースウィアの密約は即座にゼルスの王へ伝えられることになった。証人としてバーネット夫人の息子やその他金で雇われた男たちがオルティウスの手元に捕らえられていた。

オルティウスの命令によって、徹底的に証拠が集められた。今度こそイースウィアを表舞台から退けさせるためでもある。証人として価値あるユウェンを死なせるわけにはいかず、彼は養生を続けていた。

「では……ユウェン様は怪我から回復されたのですね」

「ああ。急所を外していたことは前にも伝えたが、大人しく養生して旅ができるほどに回復した。奴にはゼルス国内で改めてイースウィア王妃の罪について証言させる。その後ユウェンがかの国でどのような扱いを受けるかは、あの国に任せることにした」

「あの……寛大なお心遣い……ありがとうございます」

ユウェンは一国の王妃をかどわかした。本来なら、オストロムで厳罰に処するべきである。しかしその件については緘口令が敷かれていた。エデルの名誉が損なわれる可能性があるからだ。知られれば口さがない者たちが王妃について噂を好き勝手に流す懸念もある。

あの日エデルは騎士の機転で城外へ避難した。それが公に記されている事項だ。

オルティウスはどこか複雑そうに眉を寄せた。

「本当は、おまえとユウェンを会わせたくはない。しかし……これが最後だ。今後おまえは二度とユウェンと会うことはない。……会う気があるのなら、面会を許可する」

それはオルティウスの嫉妬が垣間見える言葉だった。

エデルは黙り込んだ。あの日、彼はエデルを城から連れ去り、一緒に逃げようと気持ちをぶつけてきた。初めて聞かされる彼の恋情は青天の霹靂で、エデルを大いに困惑させた。

彼の気持ちに応えることはできない。オルティウスを愛している。それがエデルの中にある純粋な想い。

「わたし……」

「言っておくが、二人きりにはさせない。面会には俺も同伴する」

そこは譲れないとばかりにオルティウスは即座に言い切った。

さすがに二人きりで会うのは躊躇われる。どんな顔をしてユウェンと接していいのかまだよく分からない。

彼と自分との間には想いに隔たりがある。エデルにとってのユウェンは常に高潔な騎士だった。彼は弱い立場のエデルを憐れみ、手を差し伸べた。ゼルスの冷たい宮殿の中で、誰かが気に掛けてくれている。そのことは励みでもあった。

「ユウェン様は……わたしに……気持ちを伝えてきました」

エデルはここで初めて、連れ去られた後のことをオルティウスに伝えた。大まかな話はしてあったが、彼の気持ちが誰にあるのかまでは今の今まで口にすることができなかった。

「……初めて聞く話だな」

オルティウスの声が低くなった。彼のこのように冷たい声は久しぶりに聞いた。

「べつにおまえを責めているわけではない。あの男がおまえに気持ちを寄せていることなど俺はとっくに知っている」

エデルが少しだけ肩を縮こませると、彼は声を和らげ、エデルを優しく抱き寄せた。

それからいつもと同じように銀色の髪の毛を優しく撫でていく。

「あの時、おまえとユウェンがどんな会話をしたのか問いただすことなどしない。おまえは今俺の隣にいる。俺の手元におまえが帰ってきた。それだけで十分だ」

オルティウスはエデルの顔を上向かせ、そっと唇を合わせた。触れるだけのそれは粉雪のようにふわりと胸の奥をくすぐった。

「会いたくないのならそれでもいい。これはエデルが決めることだ」

「……はい」

「けれど……気になっているのだろう？　おまえが俺以外の男のことを考えていることくらいお見通しだ」

「それは……あの、ユウェン様は怪我をなさって。それで……経過がどうなのかと」

「分かっている。それでも、男は嫉妬をするんだ」

オルティウスは冗談交じりにそんなことを言う。近しい距離で囁かれ、唇で触れられるとじわじわと熱が灯り出す。

どうやら怒っているのではなく、少し面白くないだけのようだ。エデルがユウェンのことを考えるのは、怪我の具合もそうだが、彼に認めてほしいことがあったからだ。

オルティウスは西側の人間たちが主張する蛮族の王ではない。理知的で公正で、民のことを想う立派な王だ。また政略で嫁いできた自分にも心を砕いてくれた。

ずっと見守ってくれたユウェンに知ってほしかった。彼は、オストロムの黒狼王は人の上に立つにふさわしい君主であることを。

「わたしはオルティウス様の隣に居たいのです。ずっとあなたと共に」

「居てくれなければ困る」

オルティウスが笑った。エデルの心がきちんと己に向いていると確信をしているものだった。

「わたし、会います。ユウェン様に」

「ああ」

決意したエデルは牢へ足を踏み入れた。

＊

バーネットに刺されたユウェンが次に目を開けると、そこは覚えのない小部屋だった。きちんと洗濯された寝具と寝間着、丁寧に巻かれた包帯。

ユウェンは己がオストロムの国王によって生かされているのだと悟った。世話人は皆黒髪だったからだ。

その後傷口が塞がったため、ユウェンは貴人用の牢へ移送された。時間の流れはとてもゆっくりで、考える暇だけはたくさんあった。おそらくあの後すぐに助けが来たのだろう。エデルはオルティウスの元に戻ったのだ。

不思議と心は凪いでいた。今の状況を受け入れるしかないのだ。ひどく滑稽だった。結局、イースウィアとバーネットによって踊らされていたのだ。今思えば、オストロム国内へ侵入するまで上手く行きすぎていた。アルトゥールがゼルスで不穏な動きをしているという話が耳に届いたこと自体がおかしかったのだ。

おそらくイースウィアはユウェンの気持ちを知っていた。彼女はそれを利用することを思いついた。最終的にエデルを殺すことができればそれでよい、と。ユウェンは見張られていたのだ。そして己はそれに気付くことができなかった。もうすぐエデルを取り戻せると浮かれてさえいた。

容体も落ち着き、動けない日々に焦りが生じ始めた頃、オルティウスが現れた。初めて目にした時、ユウェンは内心激しく嫉妬した。目の前のこの男がエデルを奪ったのだ。長い間見守ってきた少女が選んだ相手。彼女はこの男を愛していると言った。可哀そうなエデル。長年不遇を強いられ、国の都合で無理やり黒狼王の元へ嫁がされた。ずっと彼女を助けたかった。

だから、訪れたオルティウス相手に「何の用だ」とそっけない態度をとることしかできなかった。

ユウェンの無作法にオルティウスは眉を顰めたのち、「おまえがユウェンか……。ゼルスではエデルのことをずいぶんと気に掛けていたようだな」と吐き捨てた。

おそらく、お互いにこの男とは気が合わないと確信したに違いない。その時のオルティウスの青い瞳は、表情は、オストロムの王などではなくただの男だった。

「ええ。私はずっと昔からエデル王女をお慕いしておりましたから」

ユウェンが挑むように口を開くと、男二人の間で火花が飛び散った。とはいえ、ユウェンは未だに寝台から動けないままだったが。

「エデルを連れ去って、どうするつもりだった？　まさか殺すためだとは言わないだろうな」

「……あなたからエデル王女を取り戻すために動いていました。……結局王妃の手のひらで転がされていただけでしたけれど」

「その通りだ。捕縛された連中が話した。イースウィア王妃は確実にエデルを殺すために、幾重にも罠を仕掛けた」

「……それでも、逃げることができると私は考えていましたよ」

騎士として研鑽を積んできた身だ。恋しい少女を守ってみせる自信はあった。言い切ると、オルティウスが目を眇めた。

「そう簡単にエデルは渡さない。……おまえを生かしている理由はただ一つ。イースウィア王妃の悪事の証人だからだ」

「私に証言をさせたいと？　あいつはどうしたのですか。バーネットは。あいつは直接王妃から命令を受けていた」

　バーネット家は今や窮地に立たされている。王妃は帰還したバーネット夫人をそれは激しく詰り罰を与えた。宮廷貴族たちはこれを機に、かの家の力を削ごうとした。

　今回バーネット家の男が送り込まれたのはイースウィアに名誉挽回(ばんかい)の機会を与えられたからだ。彼は家のため、母のために王妃の誘いに乗った。アルトゥールが勝利すれば二国間の関係もまた変化すると考えたのだ。

「大丈夫だ。きちんと生きているし、あやつにもゼルスにて王妃とアルトゥールの繋がりを証言させる」

　それだけでは足りないとオルティウスは続けた。確実にイースウィアを追い落とすには押さえた証拠と共におまえの証言も必要だと。

「あの女の手先がエデルを殺そうとしたことをきちんと証言しろ。私は金輪際あの女にエデルへ手出しさせるつもりはない。これを機にイースウィア王妃の力を可能な限り削ぎ落とす」

「あなたは……、エデル王女を、彼女のことを――」

「もちろん、私はエデルを愛している」

　寝台の上で、ユウェンは悔しくて歯噛(はが)みした。怪我を負った身では己を見下ろすオルティウスに決闘を挑むことだってできやしない。騎士の端くれとして、好きな女のために戦いを挑みたかった。

この男はどれほどエデルを愛しているというのか。己のそれよりももっと強い気持ちなのか。言いたいことはたくさんあるのに結局どれも口から出てくることはなかった。

「おまえがゼルス国内で証言した後のことまでは知らぬ。エデルはあの日、城外に避難したことになっている」

オルティウスは最後に独り言のように呟いてから部屋を出て行った。

それ以降もユウェンは変わらず一人、養生を続けていた。怪我の治り具合を診た医者は見張りが複数つくことを条件に外の空気を吸うことを許可した。オルティウスからきちんと体力を回復させるよう命令されているらしい。ゼルスへ帰還するにしても基礎体力は必須だ。

寝台の上で過ごす間に体力も筋力も落ちていた。それらを回復するための基礎訓練を初めて少しばかり日にちが経過したある日のこと、思わぬ人物が現れた。

「お久しぶりです。ユウェン様」

目の前に、美しいドレスを纏い、白銀の髪を結い上げたエデルがいる。その紫色の瞳は、己と同じ色なのに、どんな宝石よりも美しいと感じていた。もう二度と会うことはないと思っていた。その彼女が、ユウェンの部屋を訪れた。

「……どうしたのですか、エデル王女」

「彼女は私の妻だ。王女ではない。王妃と呼べ」

同じく部屋を訪れたオルティウスが間髪容れずに忠告した。彼は当然のような顔でエデルの隣にぴたりと張り付いている。同じ女性に想いを寄せる者同士、一瞬火花が飛び散った。

ユウェンは仕方なしに「妃殿下」と言い直した。大人の対応をしたのだと己に言い聞かせる。

「……まもなく、オストロムを離れるのだと聞きました」

エデルの瞳は少しだけ揺れていた。彼女に気持ちを押し付けたせいなのだろう。ユウェンは寂しく思った。彼女にとって、己の気持ちは重荷なのだ。

「ええ」

「……怪我が治って……よかったです」

「運がよかったです。急所は外れていましたし、手厚い看護を受けることができました」

「あの時、たくさんの血が流れていましたから……心配しました」

エデルはそう言うと、目を伏せ黙り込んだ。室内に沈黙が流れる。

ユウェンは彼女を見つめた。彼女はどうして今日ここにやってきたのだろう。ただ心配して、別れを言いに来たのだろうか。

じっと見守っていると、エデルは意を決したかのように、口を開く。

「ユウェン様。……わたしは今、幸せです。確かにわたしは政略でオストロムに嫁ぐことになりました。最初は、不安に感じていました」

彼女は一生懸命ユウェンに何かを伝えようとしている。いや、何かではない。その先を予感して胸が先に痛みだす。

「オルティウス様はわたしのことを知ろうとしてくださいました。わたしも、オルティウス様のことを知りたいと思うようになりました。それに、王太后殿下もリンテ殿下もルベルム殿下も、わたしにとてもよくしてくれて……だから、わたしは……今ここで笑っていられるんです」

ゆっくりとした穏やかな声だった。紫色の瞳はもう、不安や恐れを抱いていない。

彼女の変化を知り、ユウェンは寂しくなった。いつも小さく丸まり震えていた少女は、オストロムの地で居場所を見つけたのだ。それを否応なしに突きつけられた。

「今のわたしがあるのは、オルティウス様のおかげです。彼は、勇敢で優しくてお強くて、とても頼りになります。彼は民を想う王です。わたしはこの先王妃として、このお方の隣を歩いていきたい」

「……少し……、いえ。お強くなられましたね」

エデルの変化にユウェンは目を細めた。目の前の少女が突如知らない人に思えた。ずっと見守ってきたはずなのに。彼女と出会ったのは己の方が先なのに。彼女は結局、ユウェンが口にするまで己の気持ちに気が付かなかった。

もっと早くに告げていれば、違う未来があったのだろうか。彼女の婚姻が決まった時、勇気をもって告白していたら、一緒に逃げようと提案していたら。

彼女をずっと見守ってきたのはユウェンの方が先だったのに。どうしてなのか。駄々を捏ねたくなる一方、彼女に何も伝えていなかったのだから、と諦観する己もいる。

「わたしが強くなれたのは、オルティウス様のおかげです」

エデルは宝物を慈しむような顔を作った。胸がギリッと痛み出す。目の前の美しい姫を、可哀そうな少女を守りたい、幸せにしたいと、ずっと思っていた。

「エデル……妃殿下」

ユウェンはエデルを熱心に見つめた。本当は今だって彼女への想いがくすぶっている。もう一度の機会もないのか、と縋りつきたいのを必死に抑えている。

その瞳に灯る炎を感じ取ったのか、エデルが少しだけ頬を強張らせる。オルティウスが彼女の変化に気付き、背中に腕を回す。

「わたしはあなたや他の西側諸国の方々にオストロムやオルティウス様のことをよく知ってもらいたいと思いました。この国は、皆さんが考えるような場所ではありません」

彼女は王妃としてユウェンに答えを指し示した。目の前に佇むのはか弱かった薄幸の少女ではない。オルティウスの妻として、彼を支えんと寄り添う王妃なのだ。

(往生際が悪いだけだな……)

もう潮時なのだ。己の恋心を清算しなければならない。

「こたびの陛下の寛大な処置、感謝いたします。妃殿下、どうぞお健やかに」

ユウェンはわざとかしこまった声を出した。

「今のわたしがいるのは、ゼルスであなたがわたしを助けてくださっていたからです」

「……その言葉で私は救われます。お元気で、エデル王妃殿下」

「ありがとうございます。ユウェン様」

エデルは最後に小さく会釈をしてユウェンの元から去っていった。結局オルティウスは最初の一言以外、会話に口を挟むことはなかった。彼のその自信たっぷりな態度が腹立たしい。エデルの心はここにあるのだと疑っていないのだ。悔しかったが、すでに互いの道は分かたれていた。

彼女に会うことは二度とない。そう思うと、つっと一滴の涙が頰を伝った。

八

ゼルスから届いた書簡に目を通し終わったオルティウスはふと窓の外を見やった。外に広がる庭園は一面銀世界だ。

「ようやく、終わりましたね」

ガリューが感慨深げな声を出した。

季節はとっくに雪の季節を迎えていた。新年が明けて間もなくのことだった。

「そうだな。ようやく色々なことが片付いた」

イースウィアはかの国の最果て(さいはて)に建つ古城に幽閉されることが決まった。朽ち果てる寸前の古ぼけた建物に彼女は生涯留め置かれることになる。

表向きはアルトゥールと手を組み、オストロムの王を殺さんとし、さらにその混乱に乗じて、城内に手の者を放ち王妃まで手をかけようとした罪だ。

もちろんエデル殺害をもくろんだバーネットの凶行についても秘密裏に伝えた。ユウェンの取った行動の一部を伏せる形で、だ。こちらに負い目のあるゼルス側は今度こそイースウィアのかばいだてはできなかった。

とはいえ、他国の元王女でもあるイースウィアをゼルスの王とて極刑にはできない。

結局彼女の権力を削ぐために、辺境の地へ追いやることで手打ちとなった。

バーネット家の末路も似たようなもので、爵位は遠縁の貴族家に預けられることになり、所領は没収、直系筋は離散したという。エデルを殺そうとした息子は刑に処せられることになったと記されている。

「まあとにかく、これで一安心ですね。さすがにこれでイースウィア王妃は簡単にエデル様を狙うことはできなくなったでしょう。手駒もいませんから」

「そうだな。とはいえ見張りを緩めるつもりはない」

「極寒の土地ですからねぇ。現地へ赴く諜報員の泣き顔が目に浮かびますよ」

ガリューは早くもオストロムから遣わされる諜報員へ同情を示した。

オルティウスは密かにイースウィアを見張るために手駒をかの地へ送る手はずを整えた。今後あの女が何を企んでも事前に報せが入るよう独自に手を打つことにしたのだ。

「詫びとしてイースウィア王妃が持っていた所領をエデルに譲るとか……俺が求めているのはそういうことではない」

オルティウスは声の調子を低くした。

オストロム側は今度こそイースウィアへの極刑を主張したのだが叶わず、その代わりにゼルス側から示されたのが件の内容だった。今回の謝罪にと、高価な布地やら宝飾品と一緒に彼女一代のみに所領を譲ると書面にしたためてきた。これはイースウィアがゼルスに嫁いだ際、儀礼的に受け取った小さな土地で、現在代理人が管理している。

「もらっておけるものはもらっておいてよいのでは？」

ガリューはそれこそ、野菜売りからおまけをもらえてラッキー、という主婦的なノリだ。ゼルスとの交渉の前面に立ったのがガリューのため、このような軽口へ発展する。

「面倒ごとが増えるだけだろう」

「土地は専属の管理人が行いますから、妃殿下がすることといったら領地から上がってきた収入を確認するくらいなものですよ。こちらも妃殿下の代理人を立てればよいわけですし」

「エデルは勉強熱心だからな。自分で直接頑張ります、とか言いかねん。そんなにも土地管理の勉強がしたいのならオストロム国内の適当な土地を分けてやる」

「なにか論点がずれていますって……。まあ確かに土地だけならたんまりとありますけれど」

アルトゥールの反逆に加担した貴族への制裁はほぼ終わった。所領を没収し、一部の家は取り潰した。今回の件では手加減するつもりのなかったオルティウスは今後同じことが起こらないよう、厳しい処分を下した。おかげで王家の直轄領が増えた。今後は臣下の功績に応じて適時分配していくつもりだ。

それにエデルがゼルス国内の土地を受け継ぐことになれば、手紙のやり取りも増える。ということはエデルを独占できる時間も少なくなるということだ。

「大体、ゼルスの王はなんなんだ。エデルのことを気に掛けているのかいないのか。さっぱり分からん」

少しは娘を心配しろと舅（しゅうと）に対して色々と思うところのあるオルティウスである。物を送ればいいとでも思っているようだが、そういうことではない。

「気には掛けているでしょう。だいぶ分かりづらいですが」

「どうだか」

オルティウスは吐き捨てた。

「けれど、ようやく落ち着きますね。ゼルスとの交渉もひと段落着きました。今年こそは内政に注力したいですよ」

「そうだな。しばらく戦争も反逆もこりごりだ」

「陛下もエデル様の側から離れたくないって顔をしていらっしゃいますもんね」

「おまえだってしばらくはのんびりしたいだろう。誰か本気で通う相手はいないのか」

「ご自分が幸せの絶頂だからって、人にまで斡旋（あっせん）しないでもらいたいですね」

「別にそういうのではない」

「最初は政略結婚に夢は見ないとかおっしゃっておられたのに」

友人の気安さでからかわれるとばつが悪くなる。そういえばそんなことも思っていたものだと、感慨深くなる。雪が解ければエデルが嫁いできて一年になる。

「政略でもうまくいくといういい例になっただろう」

新年の緩い空気の中、こなさなければならない雑務もあまりなく、すっかり雑談と相成った。

とりとめのない話をしていると扉が叩(たた)かれた。

「入れ」

姿を現したのはヤニシーク夫人だった。エデルにはまだ内密で確認しておきたい事柄があったため呼び寄せたのだ。ガリューがヤニシーク夫人に会釈をして出て行く。

彼女はオルティウスの用件を聞いたあと、「実はわたくしもご相談申し上げようと思っておりました」と答えた。どうやら考えていたことは同じだったようだ。

エピローグ

最近寝ても寝足りないことが増えた。以前にも増して睡眠欲が強くなり、オルティウスの胸の上ですら、ついうとうとと微睡(まどろ)んでしまう。

オストロムの冬は厳しいが、室内は暖炉の火のおかげでとても暖かい。それにオルティウスの体温はエデルよりも少し高くて、彼に引っ付いているとぽかぽかと気持ちがいい。この間から彼の胸の上でいつの間にか眠っているということが続いている。

「エデルは最近よく眠るな」

「どうしてだかとても眠いのです」

そのような会話を交わした数日後、オルティウスから唐突に告げられた。「月のものが遅れているのではないか」と。

エデルはしばし黙り、最後に月のものが来たのはいつだったかと数える。

エデルは姉ウィーディアに比べると初潮の訪れが遅かった。月のもの自体遅れがちだし不定期だった。とくに嫁いできてからは心身ともに変化に富んでいて、以前にも増してその傾向が顕著だった。

「そういえば、そろそろ二月半くらい来ていないような……？」

「一度侍医を呼んだ方がよいのではないか？」

オルティウスがどこか期待するような声を出す。エデルは彼の胸に体を預けながら、しかしと躊躇った。もしもただ遅れているだけなら、期待をした分違った時の失望が大きくなる。

「最近おまえはよく眠るだろう？　それに体温もいつもより高い。味覚の好みが変わったということはまだないようだが……こういうのは個人差があるとも聞く」

エデルの体調変化に本人以上に敏感なオルティウスだ。彼はエデルより先にその可能性に気が付いたようだ。

「はい。オルティウス様の仰せのままに」

「そう気負うことはない。念のためだ」

そういえば最近オルティウスは夜も節度ある態度を貫いていた。今も夜着を脱がせることなく、寝台の上でエデルを抱きしめるに留めている。

彼は体勢を変え、エデルを敷布の上に寝かせる。互いに横向きになり、彼の胸に引き寄せられる。

（本当に、わたしのお腹の中にオルティウス様の赤ちゃんが来たのかしら）

確かに、しっかり睡眠を取っているはずなのに昼間も瞼がやたらと重く、どこか気だるい日が続いていた。

エデルはオルティウスの腕の中で、そっと腹部に視線をやった。なにやら不思議だ。自分ではちっとも自覚がないというのに。すでに胎の中に子が宿っているというのだろうか。

(でも、もしもそうなら……)

半信半疑なのに、そう考えると自然と頬が緩んだ。

「どうした？」

少しの振動でオルティウスに伝わったらしい。エデルは慌てて「何でもないです」と答えた。

翌日エデルの元を侍医が訪れた。

診察を終えた彼は、まだ不確かだがエデルの腹に子が宿ったことを示唆した。エデルは無意識に腹に手を添えた。そっとさすってみたが、反応はない。まだぺたりと平らなのだから当たり前だ。

そのように腹をじっと眺めていると、オルティウスが駆け込んできた。

「エデル、身篭ったと聞いた—

「オルティウス様」

エデルは目を瞬いた。通常なら執務中の時間だというのに、彼は居ても立っても居られないという様相で、エデルの元に駆け付けた。

「陛下、胎動が確認できるまではなんとも言えませんが。まず間違いないでしょう」

侍医はのんびりとした口調だが、その目元は柔らかかった。

「そうか。私の子か……」

オルティウスがエデルの目の前にやってきて、その場に跪く。彼の手がそっとエデルの腹を撫でた。いたわるような優しい仕草に胸が大きく締め付けられた。

エデルは無性に泣きたくなった。どうしてだか、涙が溢れてくる。ついにはぽろぽろと雫を垂らし始めた。

「エデル、泣くな。ほら、泣き止め」

妻の涙にめっぽう弱いオルティウスがおろおろと慌て、エデルの目じりに指を添わせる。

「こ、のなかに……わたしと陛下の子がいるのですか?」

「ああ、そうだ」

あとは言葉にならなかった。再びぽろぽろと涙をこぼし始めた妻を、オルティウスが何度もぬぐった。泣き止めと言われるのに、涙は一向に止まってくれない。

それでも、そっと腹に手を添えるとその上からオルティウスがエデルの手を包み込む。

「わたしたちの元に来てくれたのですね」

「ああ。私たちを選んでおまえの胎に宿った。大切に育てよう」

「はい」

エデルは夫から告げられた言葉を噛みしめた。二人で呼んだ新しい命だと思った。新しい年が始まってすぐの慶事だった。

その後いくらかして、エデルは焼かれた肉やパンの匂いに敏感になり食が細くなった。オルティウスはそのことに対して大層動揺して心配した。彼は異国から手間と金をかけて妻と子のために果物を取り寄せたりと、少しでもエデルが安らかに過ごせるよう心を砕いた。

つわりが収まり、腹が徐々に膨らみ出す頃にはエデルの元に多くの祝福が届いた。驚いたことにゼルスの国王からも親書が送られてきた。

ミルテアはエデルの初めての出産に気を遣ってくれ、過保護になりすぎるオルティウスを時には諫めたりもした。四人の子供の母でもある彼女の存在はとても心強かった。

リンテとルベルムも赤ん坊誕生を今か今かと待ち望んだ。気の早いことにリンテは、王女様が生まれたらわたしが護衛騎士になる、と張り切って宣言し、ミルテアとオルティウスを困らせていた。

そうして数か月後、エデルは元気な男の子を出産した。

黒い髪にほんの少し紫色が混じる青い瞳をした王子の誕生に国中が湧いた。


エデルは生まれたばかりの赤ん坊のすぐ側で刺繍を刺していた。息子の産着を縫っていたら夫が拗ねた声を出したのだ。曰く、俺にも何か縫ってほしいと。宝物を授けてくれた夫の願いを叶えるべく、せっせと新しい飾り帯に王家の紋章を刺している。

短い夏が終わろうとしていた。窓の外ではさわさわと木々が揺れている。

風に秋の冷たさが乗るのはもう間もなくのこと。

今年の冬はきっとにぎやかになる。

エデルはゆりかごの中で手足をじたばたと動かす息子を見つめて、静かに微笑んだ。

番外編　移ろう風の音を子守歌とともに

重臣らとの会談を終わらせたオルティウスはその足で城の奥へと進んでいく。

オストロムの冬は長い。大地は凍てつく雪に覆われ、春の訪れを今かと待ちわびている。

窓から降り注ぐ陽の光に、顔を外へ向ける。屋根を覆う白銀の雪がきらきらと輝いている。エデルの色を思い出したオルティウスはほんの少しだけ口元を綻ばせた。

妻が己の子を腹に宿した。これが初めての懐妊である。現在四か月と少しが経過している彼女はイプスニカ城の最奥で、多くの人々に囲まれ細心の注意を払い過ごしている。

それというのも、彼女の体に少なくない変化が訪れているからだ。

「陛下、まさかまた妃殿下の元へ向かわれるおつもりですか？」

「悪いか、ガリュー」

オルティウスはじろりと横目に友人兼側近を睨みつけた。彼の声に揶揄う色が乗っていたからだ。

「まったく。すっかり過保護になられて」

「エデルは腹に俺の子を宿しているんだ」

「すでに父親の顔ですねえ」

「父になるのだから当たり前だろう」

「デレッとしていると威厳がなくなりますよ」

「厳めしい顔ばかりしていると、もしも腹の子が娘だったら、怖がられて泣かれると脅したのはおまえだろう」

「陛下は現在進行形でリンテ殿下に距離をとられてしまっていますからねえ」

と、ここでオルティウスはぐっと言葉に詰まった。なぜなら図星だからだ。あまり交流をしてこなかったのだから自業自得だと言われても仕方がない。

「最近では積極的に話しかけている」

「絶賛怯えられていますけれどね」

歩きながら軽口を叩き合っていると、ヴィオスが合流した。彼にもオルティウスの行動は簡単に予測がついたようだ。一日の予定を把握する側近二人は、当然オルティウスの空き時間も承知している。そしてそのわずかな間に彼がどこに向かうのかも。

「今日は天気がよいですからね。妃殿下のお心も晴れるとよいのですが」

「つわりで苦しい思いをしているからな。これぱかりは代わってやることができずにもどかしい限りだ」

子を宿したことが判明して少ししたのち、エデルの食が細くなった。つわりが重たい性質のようで、苦しそうにしている彼女を前にオルティウスは歯がゆい日々を送っている。オルティウスができることといえば、彼女のために少しでも食べやすいものを取り寄せるくらいなもの。

側にいてやることしかできないのだから、時間が空けば彼女の様子を見に行く日々を送っている。

「では、私は先に戻って書類の分別をしています。行くぞ、ガリュー」

「はいはい。ヴィオスは人使いが荒くて困る」

友人二人はなんだかんだとオルティウスに便宜を図ってくれる。彼らに感謝しつつ、オルティウスは王妃の部屋の扉を開いた。

誰かが歌っている。これは誰の声だろう。

優しく慈愛のこもったその女性の声を、エデルは知っている。

わたしを包む優しい腕。よく眠れるように頭を撫でてくれた。囁くようなその声に抱きしめられて、幼いエデルは午睡を貪った。

「ん……」

「起きたのか、エデル」

エデルがゆっくり目を開けると、耳裏に残る女性の声とは明らかに違う種類の声が落ちてきた。男の声である。

「オルティウス様？」

ぼんやりとした声のまま呟くと、ふわりと優しい手のひらの感触が頭を触れていった。

それからエデルは状況確認をして、ぱっと起き上がった。何と、彼の膝の上に頭を乗せていたのだ。

「わたしったら……申し訳ございません」

「いや。今日は珍しく天気がいい。最近眠りが浅いようだったから、疲れていたのだろう。眠れるうちに眠っておけ」

確かに今日は冬のオストロムにしては快晴だった。ゼルスも冬は分厚い雲に覆われていることの方が多く、それはこの国も変わらないのだなとエデルは思ったものだ。

暖かい室内で、青い空から降り注ぐ陽光に気分が華やいだのか、ここ最近に比べて今日は体調がよかった。存外につわりが重たく、眠りの浅い日が続いていた。

そのため、うとうとしていたら本格的に眠ってしまったようだ。

「あの、オルティウス様はいかがなさいましたか？」

いつの間にか訪れていた彼はもしかしたら火急の用件があったのかもしれない。そう考え、尋ねると彼は瞳を細めた。

「おまえの顔が見たかっただけだ」

　オルティウスは再びエデルを横たえようと促した。膝の上に頭を乗せる。彼の胸の中で眠ることには慣れたけれど、膝枕は少々勝手が違う。

「あの」

「どうした？」

「お昼寝は十分しましたので……」

「そうだな。とても気持ちよさそうに眠っていた」

　そう肯定されると気恥ずかしくなって、エデルは頬を赤らめた。

「あまり、顔を見ては駄目です」

「今更だろう？　おまえの寝顔など俺は毎日飽くほど、いや飽きはしないが、眺めている。それにこれは俺の特権だ」

　オルティウスはまさしく惚気（のろけ）としか言いようのない台詞をさらりと吐いた。彼の気持ちがどこにあるのかが分かる言葉を聞くと、エデルは未だに胸の奥がきゅんと疼いてしまう。

「夢を見ていたのです」

「夢？」

「はい。わたしは子守唄を聴いていました。とても、懐かしい、優しい声でした」

「そうか」

オルティウスの声が和らいだ。彼の手のひらがエデルの白銀の髪の毛を梳いていく。

「きっと、それはおまえの母君だろう」

「はい」

エデルが胸の中に抱いていた予感を、彼が口にした。そうであればいいという願望を乗せ、エデルは小さく頷いた。

「あの歌を、わたしはこの子にも聞かせたい」

頭の中に響くのはおぼろげな歌の旋律。母がくれた愛情の欠片。それを、自分の子にも届けたいと、腹に手を添える。

母の夢を見ていたからだろうか。起きたばかりだというのに気分がすっきりしている。あれはどんな歌だろう。記憶はおぼろげで、歌詞は覚えていない。うっすらと音が残っているだけだ。エデルは夢の記憶を頼りに少しだけメロディを口ずさんだ。


オストロムにようやく春が訪れる頃になると、エデルの腹が徐々に膨らんできた。

腹に子が宿ったことを証明するかのようにつわりに苦しめられ、一時は食べ物を受け付けず吐くばかりだったのだが、ようやくそれも落ち着いてきた。

雪が解け、イプスニカ城のそこかしこで春の訪れを感じる。

「お義姉様、お加減はいかがですか？」

「最近はずいぶんと体調がよくなってきたのよ」

「ほんとう？」

部屋を訪れたリンテが神妙な顔つきで問うてきたから、エデルはふわりと微笑んで頷いた。

つわりに苦しんでいた頃、リンテと会うことができなかったのだ。王妃の懐妊に周りが過剰なまでにピリピリして、行動制限がかかっていたからだ。

「さあ、行きましょうか」

今日はイプスニカ城内の聖堂に大司教が訪れる日である。

オストロムの貴族や裕福な市民らも招かれており、説教を拝聴した後は、しばし王族と彼らとの交流の場になる。歩きながら二人は他愛もない話をする。

「そろそろわたしのお友達を選ぶ頃なのですって」

リンテが背伸びをして、エデルの耳元で囁いた。今日はリンテと近しい年頃の娘も多数参加すると聞かされた。

「素敵な友達ができるといいわね」

「まだ、分からないわ」

今までルベルムを遊び相手としてきたリンテは同性の友だちにピンとこないようだ。

「きっといい出会いがあるわ」

「わたしにはお義姉様がいるもの」

素直に慕ってくれるリンテが愛らしく、エデルは笑みを深めた。

聖堂に到着し、ミルテアとオルティウスと合流する。彼は相変わらず過保護を発揮して「体調は大丈夫なのか？」と尋ねてきた。ミルテアも少々呆れるほどの心配ぶりである。

外に出るとはいえ、イプスニカ城内の聖堂なのだ。騎士たちも多いくらいに配置されている。オルティウスの過保護さが存分に発揮されているため、ヴィオスとガリューは苦笑いをしていた。

大司教の話を拝聴し終わると、エデルは多くの人々から祝福の言葉を受けた。

懐妊後初めて姿を見せたとあって、皆一番に祝いの口上を述べようと張り切っていたのだ。もちろん、取り囲まれる前にパティエンスの騎士たちがエデルを守り囲んだのだが。

皆、オストロム国王夫妻に新しい命が宿ったことを喜んでくれている。

そう感じれば、エデルはとても嬉しくなった。できるだけ多くの者たちと言葉を交わしたエデルは女官らの配慮で休憩を取ることになった。

まだ元気なのだが、今は慎重すぎるくらいがちょうどいい。

人々から離れ、あらかじめ用意されている聖堂近くの部屋へ向かっていると、旋律が聞こえてきた。

（この歌……）

懐かしい調にエデルは立ち止まった。

歌はまだ続いている。突然に足を止めた王妃に、女官と騎士が困惑気な顔を作ったが、エデルは気が付かずふらりと足の向きを変えた。

歌に導かれるように歩いて行く。

人気のない場所で女が歌っていた。身に纏う衣服は上等なものだ。

「あ……」

エデルらに気付いた女が口を閉ざした。彼女はすぐにエデルの身分の高さを認め、低く頭を下げた。

「申し訳ございません」

「いいえ。あの、あなたが今歌っていた歌は……」

「これは、わたしの祖母から伝え聞いた子守唄でございます。腹の子に聴かせておりました。歌うと、少しだけ気分がやわらぐのです」

そう言って女は視線を下に向け、腹部を優しく撫でた。


かわいいあなたに祝福の風が吹かんことを。

鳥が歌う。風が緑を揺らす。花が綻び、春の音が聞こえてくる。

陽だまりのもと、願いを込めて。

この腕の中、よく眠るあなた。

どうか健やかに。鳥と風と一緒に遊びまわるように。


夜、エデルは椅子に揺られて子守唄を歌う。

腹の子も聴いているだろうか。

「子守歌か？」

「オルティウス様」

いつの間にか、近くへとやってきたオルティウスを見上げた。

「はい。今日、教えていただいたのです」

「今日？」

オルティウスが尋ね返すから、エデルは昼間会った女について話した。女はルクスの裕福な商人の妻だった。彼女の祖母はゼルス出身なのだという。幼少時、祖母と母から聴かされた子守歌で育ったのだとエデルに話してくれた。

「わたしがいつかの夢で聴いた歌はゼルスでは広く知られた子守歌だそうで。春の訪れを我が子に知らせる歌なのだそうです」

今日改めて教えてもらったのだと伝えると、オルティウスは目を細めた。

「春の歌というからには他の季節の歌もあるのか？」

「そういえば……」

エデルの母が歌っていたのは春の子守歌だ。

「きっと、わたしが春の生まれだから、かもしれませんね」

「そうか。おまえは春生まれなのか」

「はい」

頷けばオルティウスがエデルを抱き上げた。逞しい彼は、腹が膨れて少々重たくなったエデルを簡単に抱きかかえてしまうのである。

「この子が生まれたらたくさんお祝いをしてあげましょうね」

「その前におまえの誕生祝いが先だ」

今が幸せでエデルは愛する人の胸に頬を擦りつける。

「何か欲しいものはあるか？」

「すでにたくさんいただきました」

居場所をくれた。愛をくれた。この腹に子を授けてくれた。

たくさんのものをエデルに与えてくれた。

彼の腕の中で、エデルは小さな声で旋律を奏でた。

もうすぐ、この子に会える。

きっとオルティウスは生まれてきた子を慈しむだろう。

「この子に会えるのが楽しみですね」

「ああ。息子か娘か、どちらでも構わない。にぎやかになるな」

エデルは巡る季節の喜びを生まれてきた子に歌い聞かせるのだろう。オルティウスの腕の中で、エデルは再び歌った。

あとがき

はじめまして。このたび、縁あってメディアワークス文庫より、本を出させていただく機会を得ることができました。

この作品はコンテスト受賞作なのですが、去年の今頃は、まさかこの作品が受賞して、こうして書籍になるなどとは夢にも思っていませんでした。

あとがきを書いている今も、ドキドキしています。書店に並ぶことを想像すると、嬉しいのと同時に叫び出したくなるような。むずむずしてしまいます。

この作品を見出してくださった担当様。たくさんのアドバイスありがとうございました。素敵な装画を描いてくださったｖｉｅｎｔ先生。オルティウスとエデルに初めて対面した時の感動は忘れることはないでしょう。

わたしの中で改めて二人が動き出した瞬間でもありました。

校正様、そしてこの本に携わってくださった全ての皆様。本当にありがとうございます。改めて書籍というのは多くの人が携わっているのだな、と感じております。

この縁を大事に育てていけることを祈って。

高岡　未来

<初出>
本書は、2021年にカクヨムで実施された「第６回カクヨムWeb小説コンテスト」恋愛部門で特別賞を受賞した『黒狼王は身代わりの花嫁を溺愛する～虐げられし王女は愛され愛を知る～』を加筆修正したものです。番外編は書き下ろしです。

◇◇メディアワークス文庫

黒狼王と白銀の贄姫

辺境の地で最愛を得る

高岡未来

2021年12月25日　初版発行
2023年12月10日　9版発行

発行者　山下直久
発行　株式会社KADOKAWA
〒102－8177　東京都千代田区富士見2－13－3
0570-002-301（ナビダイヤル）
装丁者　渡辺宏一（有限会社ニイナナニイゴオ）
印刷　株式会社KADOKAWA
製本　株式会社KADOKAWA

●お問い合わせ
https://www.kadokawa.co.jp/（「お問い合わせ」へお進みください）
※内容によっては、お答えできない場合があります。
※サポートは日本国内のみとさせていただきます。
※Japanese text only

※定価はカバーに表示してあります。

Printed in Japan
ISBN978-4-04-914159-7 C0193

メディアワークス文庫　https://mwbunko.com/

本書に対するご意見、ご感想をお寄せください。

あて先
〒102-8177　東京都千代田区富士見2-13-3
メディアワークス文庫編集部
「高岡未来先生」係

◆◇◇